未能忘情

三民叢刊 46

劉紹銘 著

三民書局印行

未能忘情：代序

劉紹銘

在學術精密分工的今天，不但隔行如隔山，就屬本行，也壁壘森嚴，外人不敢造次。就「純文學」言之，行規也講究類型與朝代的專長。你總不能像舊小說中一些好漢那麼目中無人的自我介紹，「俺十八般武藝，件件皆能」吧？

正因本行應看的書未看，該做的事未做，對所有業非文科而常常遠征到文學範圍又取得不凡成就的朋友，既敬且畏。十多年來交往的，就有趙岡和張系國兩位。

如果把例子擴充，不以朋友關係和不以中文作品為界限，那麼可舉的諸家一定不少。就拿威斯康辛大學地理系講座教授段義孚（Yi-fu Tuan）來說吧，素昧平生，他的專長亦非吾志，若非機緣巧合，絕不會看到他的作品。

我偶然在文理學院出版的刊物看到他一篇英文演講稿 Good Life and Old Age，就囉嗦一點譯作「結實的一生與老年」吧。學校流傳的刊物，通常是沒有甚麼看頭的，這篇講稿却是例外。

以文體論，此講辭乃小品文之上品，平淡自然，情性流露，關鍵處，每有一得之見。茲轉述其要義於後，以證吾言非過譽。

段義孚大概剛步入從心所欲之年，談老年與人生意義這種問題，有足夠的主客觀條件。他說中國人希望自己長命百歲，而在舊社會中，更有敬老這種傳統。其實此禮並非中國獨有。從前在歐洲，老年人也是敬畏的對象。原因是那時醫藥不發達，許多現在我們看來是等閒事耳的傳染病，都是摧命殺手。不少還是少年、青年、盛年的人都不幸先走一步。險象如斯，難怪當時社會人士看到老公公老婆婆出現，都投以欽羨的目光，以「正面教材」看待，證明人生不一定短如朝露。

當然，現在醫學發達，養生之道的法門又多，健康正常的人盛年夭折的比例相對減少，但社會人士對壽登耄耋的人瑞，還是佩服得緊。不過，儘管今天沒有黑死病等一網打盡的惡疾威脅，活到一百歲，實非尋常事。難怪白宮有此傳統：美國公民任誰到了一個世紀生日的那一天，如果及時有人將壽公壽婆的姓名地址提供的話，將會收到總統的生日賀咭。

這種習慣，段義乎看來有點怪異。他拿自己開玩笑：「想想吧，如果我在八十六歲那年彌留牀上，心中耿耿於懷的就是不能多活十四年，有悖衆望。」

西方人對延長肉體生命之不遺餘力，段義孚引了 Dylan Thomas 兩句名詩作註：

Do not go gentle into that good night. Rage, rage against the dying of the light.

這是詩人給垂死父親的勸諭，原文詩味我翻不出來，但大意應是：別輕易跟死神妥協，一息尚存也不讓生命的光輝熄滅。

話說得再明白不過：命若游絲雖危在旦夕，但若有方法讓游絲不斷，應盡所有人力物力。因此美國報章才有這麼多有關換人體各式各樣器官和靠血管輸送營養續命的報導。

這種苟延殘喘的活法，究竟有甚麼意義？段義孚不作正面答覆，僅用於一九八四年二月二十三日離開人世的「泡泡孩童」(bubble boy) 大衛的一生喻意。大衛是醫學史上有名的病例。他生下來就沒有免疫能力，為了防止空氣中的細菌侵犯，醫生只好讓他在一個消過毒的大泡泡內生活。不消說，凡進入他空間的人與物，都經消毒。

大衛活到十二歲那年，所有藥物和實驗均告無靈，不能讓他離開泡泡過正常生活。他厭煩了，請求醫生和父母解除他身上各種儀器，讓他回家體驗一下真實的兒童生活。

離開了泡泡，他只活了十五天，但經驗比過去十二年加起來還要豐富。他第一次接觸到沒有戴上手套的手、沒有戴上面罩母親的親吻和母親用梳子跟他整理頭髮的快感。

這個活潑而討人歡喜的孩子到撒手歸去前的最後一分鐘，神志還是清醒的。他一直開着玩笑，在閉目前還跟醫生眨眨眼。

段義孚跟我們說大衛的故事，用意何在？我猜得不錯的話，在他看來，大衛是在最後的十五天中，才真正領略到人生的意義。這類似詩人 Thomas Osbert Mordaunt 所說：One crowded hour of glorious life/Is worth an age without a name（結結實實的活一小時，比籍籍無名地活一輩子有價值）。不同的是，段義孚着眼點不在有名無名，而是怎樣的生活才算結結實實。

有關此節，段義孚不再拐彎抹角。結實而豐富的生活，視乎你能否得到一些令你着迷的東西。他說有一位數學家，醫生告訴他說，如果不想死於心臟病的話，得及時休息了。你猜那數學家怎麼回答說：「我的工作不能停下來啊，反正邁入永恆時，有的是休息的機會。」數學家着迷數學，理所當然，正如地理學家段義孚因着迷自己的本行而卓然有成的道理一樣。他今天是威大兩個名譽講座的教授，實至名歸。行家賞識的當是他對地理學的貢獻，而不是我現在引述的「小品文」，或他暢談《道德與想像力》(*Morality and Imagination: Paradoxes of Progress*) 的專書。

可是人生令他着迷的地方還要多。下面是他性情流露的一小段插曲。

他說他獨坐斗室，看着陽光灑落牆脚，墜入玄想。他發覺記錄在自己履歷表中的一生成就，並沒有甚麼足以驕人的地方。即拿自己標準來講，所出版過的著作，缺陷仍多。不但水準有問題，而且能發生作用的時間也有限。他清楚的了解到，這些著作的生命，比自己在世上的壽命還要短。

行家認為有價值的東西，段義孚却不認為有甚麼了不起。那麼，他珍惜的是甚麼？答案是人生各種難以忘情的機緣巧遇。這種機緣，他經歷過不少，但他顯然對小孩子分外有好感，因此又用了小孩作話題。

一九八七年，段義孚的朋友說好跟他過生日，誰料到了「暖壽」那天，朋友夫婦一同患了重感冒。電話響了，是朋友十歲的男孩子打來的：他要代表父母請他到法國餐館吃飯。

這樣膚色一黃一白的老少就雙雙上道了。十歲的小渾渾，那天晚上特意把頭髮梳得貼貼服服的。

餐館很擠，他們據小桌動刀叉時，段義孚不時注意到隣座客人投過來的好奇眼光。「這怎麼回事？那漢子看來不可能是孩子的祖父。但他又不像僱來看管孩子的人！他們究竟是甚麼關係？他們有甚麼好談的？」

天真爛漫的孩子當然不能體會到老人家的心事，只在努力地盡「主人」的本分，客客氣氣氣地陪壽星聊天。當然，畢竟是十歲的小傢伙，坐得不耐煩時，難免童心又熾。有一次他把水杯舉起，幻化成太空物體，在桌面盤旋掠過。

這種經驗，很令到了祖父年紀而兒孫不在側的段義孚着迷。因此他說，充實的人生，不必帶有甚麼英雄色彩或建立甚麼豐功偉績。如果我們遇到難以忘情的機緣時，能够及時認識到其滋潤生命的價值，這些經驗積聚下來，就不會白活。

如果段義孚不是科學家，上面這種證言，說不定會被犬儒論者譏為「軟體小品」，販賣人情味。他當然有這種自覺。他預料到自己以地理學家的身分，「隔行」來討論像「道德與想像力」這類非涉及思想史、道德哲學和文學批評範圍不可的題目，必令旁人側目。因此他在該書的序文卽開門見山自作解人的說，地理學有狹義廣義兩面。研究地球的表面現象固是職志，但我們可別忘記，地理學也是研究人類怎樣征服自然，進而創造「家園」和「世界」的紀錄。本此，把人類各種慾望與執着列入地理學探討的範疇，應屬順理成章的事。

人類為了創造「家園」和「世界」，不得不征服自然，以滿足永無休止的物質慾望。竭澤而漁的後遺症如環境污染，大家有目共覩，不必細說。但自然如果不「征服」，日子同樣不好過。這帶出《道德與想像力》一書的副題，Paradoxes of Progress，文化成長的吊詭。

本文意在介紹段義孚的「小品文」，但既然提到他這本書，不簡單的說明一下他對科技社會成長「吊詭」的看法，自覺有失職守。他認為，由於西方人「侵犯性」的心態給人類帶來不少災難（如戰爭與污染），不少知識分子失望之餘，把東方國家「精神文明」的優點誇大其詞。其實這是以偏概全，只看負面的結果。

西方科技文明給全世界帶來的各種物質上的方便，不必在此枚舉。那麼在道德層次方面，有甚麼進展呢？如果我們客觀的回顧一下，近百年來確有不少建樹。像人權委員會、防止虐畜會之成立，都是道德良心發揮的正面影響。你今天到稍為先進國家的公共場所，都會看到照顧傷殘病者利益的措施。不錯，今天的西歐和美國，貧富懸殊有天淵之別，但最少那些受過教育的富豪，曉得揚財露己的生活方式不是一種德行。這跟十八世紀的歐洲貴族已有顯著的分別。那個時代，名門望族自覺是天賦特權，對受他們壓迫的貧苦大衆，缺乏基本的同情心。

農業社會時代那種鷄犬相聞，守望相助的精神與生活方式確是一去不復還了。代之而起的是「異化」心情，對陌生人不信任。可是我們不可忽略的是這個事實：在「地球村」生活的人，不一定就變得麻木不仁。鄰居的災難我們看不見，但鄰市、鄰省、鄰國或天涯海角某些地方出現了甚麼不尋常的天災，通過電視傳播出來，只要有甚麼信得過的慈善機構呼籲捐款，總會有有心人慷慨解囊。舊社會時期的難民，大多數會看到施惠的恩公。今天寫支票捐款紅十字會的人，大概也不會期望對方知道自己是善長仁翁。如果施恩不望報近乎宗教情操，這與「無名英雄」的境界也差不多了。

在科技發達的國家，捨生取義的行為也時有所聞。段義孚舉了這個實例。一九八二年六月十三日科羅里達航空公司出了空難。有名 Lenny Skutnick 者剛經過 Potomac 河邊，聽到一婦人在冰河呼救，即跳下水施援手。女子救出來後一切正常，可是 Skutnick 自己却得趕送醫院急救。

事後記者蜂湧到他家去訪問，問他的動機、他的人生哲學、他跳下水前腦子想的是甚麼等等。

他的回答簡單不過：「如果旁觀的人紋風不動，她就會溺死。我就跳下去了。」

段義孚說得對，如果把他的行為作宗教、哲學，或任何理性的解釋，就淹沒了這種純然赤子之心的道德美。貫通段義孚全書的意旨，不難由此看出來。科技物質文明不見得一定會把人性善良的一面抹煞掉。雄蜂會「按」着一張母蜂被壓死過的紙塊上交尾，因為它無辨識能力。人類歷經浩劫，還沒自我消滅，可幸就有辨識能力。單憑辨識能力當然不够，得賴後天培養出來的難以忘情、不敢忘情的惻隱之心。

那位跳海救人的 Lenny Skutnick，相信在其一生中，也有過類似段義孚與十歲孩子同檯吃飯那種「滋潤生命」的經驗吧？

目次

乙輯

甲輯

絢爛的浪費

亨利・詹姆斯著作，卷帙浩繁，思路綿密，不易記憶，但有一句話，短短五個字，過目不忘：Life is a splendid waste，人生是絢爛的浪費。眞是絢爛得觸目驚心。

這句話最可圈可點的地方自然是對浪費的保留態度。人生不錯是浪費，但怎樣浪費，卻有自由。怎樣的浪費才算絢爛，也因人而異。

詹姆斯家有餘蔭，生活寬裕，終生不娶，精力和時間都處心積慮經營文字，終成小說界一代宗師。如果這種成就也算浪費，那絢爛得可以，非凡夫俗子能望背項。

把詹姆斯這種身分與感性的人下放勞改十年八年，對英美文學是禍是福？這有幾個可能。一是體力不堪消耗，英年早逝。二是下放其間，體驗到民間疾苦，自覺不耕而食，罪孽深重，說不定痛改前非，討個村女蛾眉，從此赤膊上田，「日出而作，日入而息」。

或者他因生活方式突變，接觸人物迥異平常而修正了對人生和藝術的看法，日後平反回復寫作生涯時，另創境界。

如果最後的假定屬實，那麼詹姆斯下放十年八年，也不算浪費，因爲對作家而言，行萬里路跟讀萬卷書同樣重要。濁世佳公子不走出書房體驗別的階層生活，作品只能在「仕女圖」兜圈子，人物蒼白貧血。

就此意義言之，王蒙、張賢亮等人下放，應該說是有幸有不幸。但如果爲了政治原因而強迫從事尖端科學的專家去下放，這種浪費，毫無意義可言，一點也不絢爛。看方勵之在《遠見》發表的〈美使館手稿〉（一九九二年元月號），即有此感覺。

方勵之第一次下放勞改，在一九五七年八月。他到了河北省贊皇縣，因當地連火柴也缺乏，熱土炕睡覺時得採用燧人氏鑽木取火的古方引火。「首先，用一小鐵砧打擊火石，讓它發出火星，把一小絨紙卷放在火星迸發處。……」

研究天體物理的方勵之，不到贊皇縣，當然也知這種取火的科學根據，但想沒需要身體力行，因此這個下放經驗，特別寶貴。

又如在北方嚴冬時分下井取水，也是他這種身分的人，除了特殊因素，絕不會體驗到的。「打井的第一步是挖一個直徑約七公尺、深約十一公尺的井。太行山麓在三億多年前還是一片海灘，所以，下挖兩公尺後，就會遇到鵝卵石，……挖到十公尺左右，井底滲出了水，下一步，更艱苦，任務是在井底的水中淘沙。」

接下的工作想不是長於膏粱文繡之家的亨利・詹姆斯所能勝任的。原來方教授和他的同夥，得在寒風裡脫掉所有的衣服，拉著繩索到井底。攝氏零下五度的天氣，即使穿了衣服也不濟事，因爲井口上積滿的沙筐流出來的冰水，一下子就把井底下的人全身淋溼了。

他們禦寒的方法，除了六十度的土酒外，就是「瘋狂地用力去淘沙，讓身體發出微微的熱」。

方勵之把這次下放經驗，說是「既沉重又輕鬆」。前面說過，「不耕而食」對今天還是五穀不分的知識分子是一種心理負擔。他們當時不可能認識到反右鬪爭是政治權謀的運用，因此一經批判，就好像自己的罪行被證實了。能夠靠體力勞動去「贖罪」，心情是快樂的。且看方勵之與當地農民一起挖井、耕地、挑水、養豬、趕馬車，毫無怨言。後來他乾脆搬到一個單身農民家，與他同吃、同住、同勞動。

以勞動價值而言，「改造」後的方勵之，生產能力與一般農民平起平坐。如果中國需要的是增加農民人口，他是理想新丁。但方勵之向農民學榜樣易，農民要當天體物理家難。

如果這不是浪費，什麼才是浪費？

幹活的方式可以改造，「包藏禍心」的思想卻不一定轉變得來。方勵之在勞改中，一面承認以勞力「贖罪」的心態是眞誠的、無矯飾的，但同時也問「自己當眞有錯有罪嗎」？更確切點說，研究三害的根源有什麼不對？爲了增加人生的經驗與閱歷，如果時間不長，下放一次也許不完全是浪費，雖然對研究科學的專家而言，少看三四個月的學報，也是難以彌補的損失。

方勵之在五十、六十、七十年代間，前後有「四次從物理的『田野』，被驅趕到農村田野」的經驗。要不是方勵之大名鼎鼎，要不是他幽居美使館一年寫下〈手稿〉，我們大概還不知道他有過挖井趕猪的身世。

他在田間井下浪費的歲月，損失不只是他個人，更是國家。令人更難過的是，類似他這樣遭遇的大陸科學家和其他專業人才，更不知凡幾，只是他們的經歷尚沒有機會曝光而已。中國人的聰明才智、時間精力，這四十年中就在三反五反、勞改下放、整人與挨整中浪費了。

但見血雨腥風，毫不絢爛。

《遠見》刊載的，只是〈手稿〉的部分。方勵之才思敏捷，文字豈只哀而不怨，簡直妙趣橫生。且看他怎樣幽毛澤東一默：

「毛澤東在一篇很有名的文章中，曾經譏諷知識分子，說知識分子實沒有知識，因爲他們不會種田、不會殺猪。」

下放期間，經方勵之「檢查」過，才知毛的話不是眞理。原來殺猪不難，因爲畜生已綁好，難逃大限。難的是在田野上捉猪。「雖然猪體肥腿短，但跑得並不慢。我的百公尺跑的（順風向的）最高紀錄是十二・五秒，但我追不上一隻跑瘋了的猪。可見，捉猪還要難於殺猪。毛澤東的殺猪聖言，只證明他自己大概沒有養過猪。很多聖言之所以令人畏懼，那是因爲沒有機會眞去試試。……中國的農村，的確需要先進文化的注入。

「不幸，下一個強行注入中國農村的，是一頭跑瘋了的猪。」

如果方勵之今後除了天體物理，興趣還會擴展到寫作，那麼下放那段日子，倒不能全說浪費。上引文字，紮實異常。經驗眞不是文采或想像力可以代替的。

不羨神仙羨少年

對一個地方和一個時代的情感，因人而異。就拿公元五十年代的臺北來說吧，五六十歲的人追懷往事，也因身世背景不同而大異其趣。「原鄉人」與「阿山」的看法，諒難起共鳴。社會地位與經濟能力之懸殊，當然也一樣影響對客觀環境的感受。

要憶述三四十年前臺北的紅塵舊事，是沒有什麼全知觀點的。

我一九五六年從香港到臺灣唸大學，身分徘徊於原鄉與阿山之間。籍貫雖屬「外省」，但一來父母沒有在臺落戶，二來書唸完還是要走的，當阿山還不夠資格。

除非過去有過痛不欲生的經驗，否則懷舊總有嚼橄欖的滋味。寫到這一句時，我忽然想到，當年在臺大宿舍吃飯，三月不知鷄味等閒事矣，但一拿到稿費到新陶芳吃鹽焗鷄，眞有「夕可死矣」的痛快。

這十多年臺灣經濟發達，此物已成凡品。別人不知怎樣，但我自己老覺得，這種德禽的模樣，與我三十多年前看到的並無二致，只是味道變了。查詢之下，才知飯店用的料，可能不是「鷄聲茅店月」時代的家禽，而是美國運去的不見天日的代用品。既不見天日，當然沒有機會舒展筋骨，更難在田間吃到如小蟲之類的野味了。今不如昔，眞個今不如昔。

回想起來，五十年代的臺北，連細菌也較今天有人情味。不是麼，窮學生晚上看電影回來，上館子吃宵夜沒資格，但在路邊喝兩塊錢一碗的蛤蠣湯，倒是能力所及。幾片葱花薑絲，漂浮其中，什麼燕窩魚翅也不讓。

三十多年後反思，那個我們常光顧攤子的老闆娘，把我們用過後的碗筷，在她旁邊小桶子內的水順手輕輕一漂，就算「衞生」過了。攤子附近沒有水龍頭，猜想那小桶清水，從一而終，到收市時必成甘露。

說也奇怪，這蛤蠣湯吃了四年，可沒什麼病痛。肝炎細菌來得窮兇極惡，大概始於臺灣經濟起飛，濶得可以吃史前遺跡娃娃魚的時候。

今之視昔，就是時髦話「走過從前」。假若拿衣食住行標準說，我想最教人撩起思古幽情的是交通。五十年代中葉，臺大門前的馬路，牛車與巴士爭道。交通工具落後是落後了，但那時候與朋友約會，守時有十足把握。腳踏車三輪外，還有公車，幾點鐘開、幾點鐘到，一點也不含糊。

臺大四年的生活鱗爪，我已在《吃馬鈴薯的日子》中略有交代，這裡不擬重覆自己。無論就知性或感性來說，我在臺灣過的四年是畢生難忘的快樂日子。以前大學英文老師給學生作文，愛出「如果我再做新鮮人」這類題目。也就是假定了人生難免有憾事，雖然於事無補，也讓你在文字上補過一番。

就我個人而言，憾事多多，絕非限於大一那年。如今想來，在臺大唸書幾年憾事之一是生活圈子未能超越於僑生宿舍的範圍。僑生宿舍是當年靠美援蓋起來的，雖然是八人一房，但設備總比舊宿舍的木樓房子「現代化」。

住的環境既比一般同學高人一等，還有什麼遺憾？這就是我上面說「如今想來」的道理了。僑生宿舍房客盡是僑生。以當年的比例說，十之八九都是香港澳門來的。像詩人戴天這種來自非洲毛里求斯的稀客，百中無一。

港澳僑生麕居的地方，「官方語言」因利乘便是廣府話。到了「外省」，一下課回到宿舍就聽到鄉音，在當時的心態而言，異常「振奮」。現今檢討，是一種無可補救的損失。我來自香港，室友和宿舍內十之八九的同學也來自香港。他們的語言、生活習慣、甚至價值觀念都是我所熟悉的。既到臺灣來求學，就應爭取每個吸收新經驗的機會。

我在僑生宿舍的天地，仿如在美國唐人街居住的香港或臺灣的老移民，壺中歲月盡是衞星電視和方城麻將，頗有「關進小樓成一統，管它春夏與秋冬」的味道。

大部分的生活與本地人隔絕，臺語無從學起，更無法了解他們的思維和經驗。如果不是因緣際會認識《現代文學》諸君子，其中有陳若曦、林耀福，那麼臺大四年可能交不到一個「本省」朋友。五十年代的臺灣，二二八悲劇鮮爲人提起，但我個人的感覺是，一下課後「本省」、「外省」、「僑生」各種背景和語言類似的同學，總習慣各走各的路。

也許這是自然的事。僑生無家可歸，只好回宿舍說「鄉音」，相濡以沫。至於本省、外省同學，除了上述的文學同好，少見聚會一起。這也許是我的錯覺，也許是各人心中仍存著不幸的歷史陰影。

一般廣東人說的國語就是籍貫的註册商標。在本省同學眼中，因此成了如假包換的外省人。可能因此關係，同班同學一百三十多人，經常跟我保持聯絡和請我到他們家玩的，是清一色的「阿山」。這是我至今引以爲憾的事。

如果今天由我選擇僑生宿舍和在外邊租房子，我當然會選擇後者，理由前面已說過了。但在當時環境和條件而言，這是不大可能的事。僑生宿舍究竟要不要付宿費，已不復記憶。即使要付，我想也是象徵性的。到外邊租房子，房錢以外，還得自管伙食。當年宿舍一天三頓，僅收一百五十元，自己燒飯，想必不止此數。

臺大四年，我是靠四、五十元千字的稿費自食其力，日常開支，差堪應付，絕不會有能力離開學校過「個體生活」。

今天覺得住僑生宿舍的生活，是一種遺憾，無非浪漫情懷使然。究竟「離羣索居」四年，會否因此學會些粗淺的臺灣話？多交些陳若曦和林耀福以外的「本省」朋友？也實在難說。

臺灣話今天還是「嘸宰羊」，但自離開臺大後，所結交的「本省」朋友幾遍天下。除朋友外還有「本省親戚」，眞是當年做夢也夢不到的事。

從前是走不完的。此文溫故是爲了知新。今不如昔的滄桑感，情緒多於理智。如果每個時代的人都覺得從前比今天好，那麼桃花源的境界得要追溯新石器時代。以傳統孝道觀念看，五十年代的孝子自然比今天的多。但以人權眼光看呢，結論近乎殘忍。因爲傳統孝道式微之日，正是人權聲浪高張之時。古時的人要盡孝，不得不儘量消滅自我。今天縱有蠻不講理的父母，也再沒有百依百順的兒女了。隨著時代進步的事物，要復古也復不起來。

總括來講，在記憶中的四年臺灣歲月能教人思之念之，主要與年紀有關。年輕人心態開朗、渴求新經驗，雖禁不起挫折風浪，但相對而言，也比中年人和老年人容易得到滿足。交到一個新朋友，可以興奮半天。在校園內若得什麼系花班花回頭看你一眼，就馬上騰雲駕霧，飄飄欲仙。

因此我想今不如昔的感覺，多少是老態併發症的癥象，禪心漸成槁木的過程。

三十多年前新陶芳飯店上桌的鹽焗雞，用的即使是不見天日的雞隻，相信在少不更事的嘴巴吃來，一樣會齒頰留香。

年紀輕眞可愛，怪不得人家說「不羨神仙羨少年」。

飄零花果

今年（一九九一）春季號的 *Daedalus* 雜誌，是一個專輯，收九篇文章，分別以歷史、文化、哲學、社會學和文學的觀點，討論在二十世紀行將過渡的今天，作爲一個中國人的涵意問題。也就是該刊原文 What Does It Mean to Be Chinese 的原義。

專輯的提綱之作是杜維明的〈文化中國：邊緣的中心化〉（Cultural China: The Periphery as the Center）。他指出一般人借用猶太人 Diaspora 的境遇來譬喻中國人寄人籬下狀況，僅說對了一半。Diaspora 的原意，正是唐君毅所言的「花果飄零」。但中國人跟以前的猶太人處境不同。中國早非天朝，也曾淪落爲次殖民地，但國家始終沒滅亡過——因爲蒙古人和滿洲人「馬上得天下」後，最後還是跟漢人同化了。

因此，嚴格的說，今天的花果還在外面飄零，完全是自己的選擇。老一輩的僑胞覓食他鄉，是爲了改善生活。近幾十年來高科技人才和知識分子移民歐洲北美，是不願意在共產政權下當順民。

猶太人建了國，東歐和蘇俄的猶太花果，陸續歸根。中華人民共和國建了國，起先十幾二十年，許多身處邊緣的有志之士，紛紛回故土請纓效命。不幸出了文革，更不幸出了六四事件。

文革的災難，我們還可以學習「向前看」，但一個可以下令軍隊用坦克屠殺自己子民的政權，正如杜維明所言，再難贏得知識分子和羣衆的擁護了。

邊緣的中國人，今天何以自況？除杜維明外，李歐梵的文章也觸及這教人肝腸寸斷的身分問題。杜文題目的中國，冠以「文化」二字，已露心跡。換句話說，在他眼中，內無世臣，僅得喬木的家園，已非故國。

這種心態，亦如杜維明所說，早在七十年代的海外華人社會浮現出來。東南亞各地的華裔子孫在某種行業取得特殊成就，報紙恭維的話，總是說「華人之光」，而不是「中國人的光輝」。華人與中國人不是可以互相取代的同義字。前者僅指血統。層次再高些則可包括語言文字和生活習慣。

中國人則不同。除了血統和文化背景外，中國人還是義無反顧的政治動物。既是中國人，就得向這個國家效忠。

不幸的是，在大陸一黨專政體制不改的一天，黨國也就混爲一體。要做中國人，只有兩個選擇。一是與旣成事實的政權認同。二是用各種手段取而代之。前者後者都是愛國行爲，公民本份，因爲所作所爲，都是以國家利益爲前提。

像杜維明這種飽讀聖賢書的知識分子，雖身在江湖，怎能不心懷魏闕？跟中國認同是不可能的事，要革命，徒呼書空咄咄。由此可見，「文化中國」之構想，是順理成章的事。文化中國，是實踐仁義而已耳，儒家思想的國度。

他在文末提出了兩個問題。一是：一個人的人性尊嚴喪失後，還可不可以以中國人的身分過著有意義的生活麼？

其二：中國公民的身分，保證得了一個人的行爲符合中國人的標準麼？

「人者仁也，親親爲上」。他的答案當然是否定的。下令軍隊向學生放槍的頭頭都是如假包換的中國人。但如果他們是中華民族的代表，那我們寧願當華人。

杜維明文章的副題，「邊緣的中心化」，在我看來，頗帶理想主義色彩。邊緣漸有取代中心之勢，不消說，中心本身的凝聚力必是日見式微了。杜維明立論的根據，無非拿臺灣中國人近年在政治經濟上取得的特殊成就，加上香港和新加坡這兩條「小龍」欣欣向榮的經驗，跟大陸倒行逆施的「中心」作對比。

「邊緣的中心化」，因是一樂觀的希望。希望大陸社會保持開放，使進了口的「邊緣思想」逐漸發生潛移默化的作用，加速中國現代化的步伐。

這種構想是否可成事實，誰也不知道，但最少可以給飄零在外的華人花果一個安身立命的理論根據。

李歐梵的文章，題爲 On the Margins of the Chinese Discourse : Some Personal Thoughts on the Cultural Meaning of the Periphery 跟杜維明一樣，他討論的也是「邊緣分子」的意義。不同的是，一來他引例多爲文學作品，二來他與我們分享他個人的經驗。譬如說，他三十年前初到美國唸書時，根本沒想到「流放」或「移民」這些問題。在美國最初的二十年，最令他困擾的，倒是在文化認知上所引起的危機感。他說他對傳統中國文化的若干盲點，早生惡感。現在到了西方文化的「美麗的新世界」，會不會因此西方過了頭，失掉了本性？

他說自步入中年後，這種危機感逐漸消失，因爲他認識到自己的中國意識，實在根深蒂固得不可能全盤西化。那麼，他現在的思想有什麼特色？他說如果一定要三言兩語作交代的話，姑可稱作「中國的世界主義」（Chinese cosmopolitanism）——一方面在知性上繼承中國文化的香火，一方面對外國文化兼收並蓄。

這種心態，接近上面所說的華人情懷。

李歐梵讀一九八五年興起的尋根文學，發覺大陸作家要「尋」的，也是類似「怎樣才算是中國人」的答案。韓少功的〈歸去來〉，粗看是莊周蝴蝶夢的現代詮釋，細看是自我探求的掙扎。今日的黃治先是不是舊時的馬眼鏡並不打緊，要緊的是這篇小說透露的玄機：天外有天。做中國人的標準，並不一定要以高大全爲依歸。

看來由中國人轉變爲華人的現象，不但在海外出現，在中國本土也逐漸顯露出來。中心力量之瓦解，可見端倪。

看完了杜維明和李歐梵的文章，發覺他們的立論態度，也只有他們和我自己這類去國經年的華人才寫得出來。嚴家其、劉賓雁等等流亡海外的中國知識分子，再在法國、美國泡十年二十年，心態變了華人，當然也會寫得出來。

簡單說一句，我們華人文人寫文章，從不敢存什麼妄念。用中文寫，能在海外華人社會流傳一下，於願已足。用英文寫，只供有數的行家欣賞，或博士生寫論文時聊備一格引作參考。

環境使然，我們已習慣了獨善其身的生活。表諸文字，心態亦然。換言之，我們從不奢望自己的意見收什麼「撥亂反正」的政治社會效果。

嚴家其、劉賓雁等人不同。一來他們是堂堂正正的中國知識分子，不是華人學者，身分不應有什麼危機。二來即使時代變了，他們繼承的乃是古時士大夫爲民請命的傳統。不論他們的文字以什麼方式出之也好，本質上是一種給「今上」看的奏摺。

當然，爲民請命是要付代價的。明知山有虎，偏向虎山行。這是劉賓雁爲代表的「使命文學」特色，也是與邊緣人寫的邊緣文學的分水嶺。

李歐梵在文章內提到，他日常跟自六四後流放到外國的中國知識分子接觸機會不少，據他們自己說，他們雖身處邊緣，卻鮮爲邊緣思想所干擾。這是習慣使然，因爲在六四事件發生前，他們一直處於一個方興未艾的文化運動的中心。他們相信自己扮演的角色，會直接或間接地影響改革派領導人的思維。

現在場景變了，可是習慣不是一下子改變得來。他們西望神州時，大概還帶著當年「兼善天下」的神采。

場景的確變了。不說寄人籬下，生活毫無保障，心理負擔也不好受。要改革、要投身文化運動，是需要羣衆的。在歐美有的是自由，缺少的就是能給他們言論作反應的羣衆。

這滋味一定不好受。

可是迄今爲止，我在刊物上看到大陸作家以邊緣人心態寫出來的心路歷程，著實不多。

張辛欣發表過三篇，已夠感人。劉再復以「身無彩鳳雙飛翼」自況外語和舊學根底不厚，使人眼前一亮。這也是尋根過程的一種變調。

張辛欣和劉再復這種卸下士大夫包袱與庶民認同的心理調整，是寫自傳文學的先決條件。

華人學者已找到了自我超越的理論骨架。中國知識分子的包袱，雖離故國，負擔仍重。但就我自己說來，我寧願看到張辛欣和劉再復那類自我嘲弄的文字，而不願再看一下筆就〈四十年來家國〉的議論文章。格調高的幽默，總帶淡淡的哀愁。現代文學難得見到趣味雋永的幽默文章，一來的確是國仇家恨已說不完，那有閒情幽默。但我想還有另外一個原因：作者把自己看得太認眞。這正是士大夫心態的後遺症。

嚴家其、劉賓雁這兩個名字，不過爲了方便隨便舉出來。要一一點出六四後滯留國外的「魯殿靈光」，眞是不勝枚舉。反正我想說的是這麼一句話：希望他們暫時放棄中國人的身分，以華人的立場，拿自己個人的經驗作起點，給中國的歷史、文化和政治作一別開生面的反思。我說別開生面，乃有感而發。所謂留學生文學，寫得最好的也是文學。像嚴、劉他們這種年紀和地位才被迫出來「留學」的，前所未有。他們反思的紀錄，應是中國近代史的一種特殊文獻。對他們自己，也是一種心靈上的解放。

從中國人「貶」爲華人，是矮了一截。不過這僅是權宜的稱謂。到那一天——上帝，到那一天？——故國走上自強不息的軌道時，子民再不羞於認同，那時的華人，將會正名做中國人。

再說，華人與中國人這種自劃圈圈的界別，用英文說來，囉嗦得很。華人除了如杜維明所說的 people of Chinese origin 外，還可說 of Chinese ancestry, of Chinese extraction 等等。洋人聽了，心目中的形象，還是一樣中國的。醜的、美的、羞恥的、光榮的，華人與中國人實在沒有什麼形象的分別。

華人也好，文化中國也好，都是有心無力的知識分子爲自己身世解說的感嘆詞。

寫到這裏，想起余光中詩句，正好作本文的結束：

中國中國你是一場慚愧的病，纏綿三十八年該為你羞恥？自豪？我不能決定。

國家的凝聚力

多年沒有再訪新加坡，最近過境，在那兒前後躭擱了兩天。在東京轉機不久，機上的服務員即分發入境登記表格，內有「按新加坡共和國法例，携帶毒品者論死罪」字樣。毒品殺人於無形，遺害之烈，莫此爲甚。如果「殺人者死」於法有據，那麼新加坡政府以此重刑嚇制毒犯，合乎天理、國法、人情。

別的政府的同類表格也許有近似的字句出現，但別的政府有異於新加坡者，無非是後者說到做到，不是說著玩的。

自己在美國社會生活了近三十年，有時竟忘記英語是「外文」，因此拿到表格，照塡如儀，不覺有異。

到了旅館，辦好登記進房後，翻開室內各種「參考資料」來看，發覺除英文外唯一以別種文字寫成的印刷品是日文的購物指南。這才想到，剛才繳交給移民局職員的表格，也是淸一色的英文。

如果不把新加坡與儒家倫理與學說聯想在一起，心裏不會起疙瘩。所謂疙瘩，不過是情緒作用。不感情用事，就不會大驚小怪，因爲上了些年紀的新加坡華人，除了普通話（華語），還會講多種地方方言，最少在這方面讓海外華人有賓至如歸的感覺。

新加坡以彈丸之地立國，公民除華裔外還有巫族和印度人。強鄰環立，虎視眈眈。其形勢之險，非局外人能了解。我一九七一至七二年在新大英語系任教，後來回到美國，對這地方還是懷念不已。這畢竟是中國領土以外、華人胼手胝足經營出來的一個自求多福的獨立國家。

一個曾是宏揚孔孟禮法的地方，公文偏少見中文，這個謎不久就有了答案：避免刺激少數民族的情緒。當然這與當地的權力結構也有關係，因爲大部份掌權的官員都是英語系統出身。

個人的一生和一國之命運，不時都得或多或少跟現實妥協。新加坡公共場所禁煙，雷厲風行。執行之徹底，可說舉世無雙。可我在電視上就看到美國煙草公司贊助的廣告。不錯，香煙的字樣始終沒在螢幕出現，但誰也認得萬寶龍和駱駝的招牌。

二十年前美元兌新幣，記得高達一比四。今天眨得拿美國薪水的人幾無地自容，僅得一點六七之間。這些年來新加坡經濟之成長與美國之衰退，由此一目了然。

果然，一進入新加坡機場，就相信新加坡人民眞的站起來了。世界航空協會歷年譽此爲設備和管理最完善者，確無虛言。離開機場到市區，交通秩序井然。更接近奇蹟的是：路面居然看不到什麼果皮垃圾。

新加坡升斗小民隨地吐痰，或亂扔廢紙廢物的罰款，相當於一兩星期的工資。香港市面也有類似的法例，但好像全無認眞過。這兒的居民不敢以身試法，因爲他們知道，與禁毒的法令一樣，政府不是說著玩的。

我在旅館安頓後，跑到街上作深呼吸，以城市的標準看，空氣清新，像消過毒似的。

過客對當地的了解，只及鱗爪。新加坡成了經濟小龍和政府之清廉與有效率，這些事實有目共睹。局外人或可置評的，只有抽象問題。譬如說，一個國家的凝聚力。

儘管禮敎吃人，中國兩千年來，卽使在異族統治之下，聲稱以儒立國。「修身、齊家、治國、平天下」是讀書人的共識，做不做得到是另一回事。既有理想，就有凝聚力。

中共建國後，以馬列取代孔家店。在破產前，實踐社會主義的憧憬，也是一種恢宏的凝聚力。

美國人呢？其肯定生命、財產、自由與幸福追求乃天賦人權的立國精神，是美國人努力的方向。還有印在鈔票上那句話:「我們信仰上帝」。幾十年前加大學生飯堂櫃檯前有這麼一條俏皮的告示:In God We trust. Everyone else must Pay Cash。我們相信上帝，因此上帝可以掛帳。其餘閒雜人等一概付現。話是促狹得很，但沒褻瀆神聖。宗教不但是凝聚力，還是原動力，我們看看信奉回教的阿拉伯諸國跟西方國家幹起來那種衝勁就知道。

新加坡種族多元，無論標榜那一種族的傳統與文化都會招惹厚此薄彼的批評。依我看來，這是最令新加坡執政者傷腦筋的地方。今天的美國種族日趨多元化，但最少在二三十年內，歐系的血統與傳統還屬主流。廣義的美國文學，只要用英文出版的，可以包括各色各人種作家的作品，如湯婷婷或最近出名的譚恩美。

至少在文化層次而言，新加坡就少了這份凝聚力。英文是借來的語言，大家為了方便，也實在沒有什麼話可說。但新加坡文學如光以英文作品為代表，有失於以偏概全。新加坡華人是「大族」，不通過他們的中文作品，怎能了解大多數人的感受?

在文化上既難得到共識，新加坡的父母官只好另闢蹊徑，以企業管理的模式在各種族間建立一家大公司賴以生存和發展的團隊精神。易地而處，冷靜的想一想，這也是從窮變之理悟出來的一條路子。

跟美國人一樣，新加坡在歷史上是移民社會。也就是說，無論是華人也好、馬來人也好、印度人也好，各有「祖家」。父母輩戀棧「異鄉」，各有苦衷，但歸根究柢，總是爲了衣食。這也等於肯定生命、財產與幸福追求之涵義。

這是新加坡人最可靠的凝聚力。

精神糧食爲何物，各種族界說不同，但怎樣的物質生活才算豐富，是沒有什麼顯著的種族或文化界限的。

以社會主義立國的政權，要走經濟掛帥路線的，扭扭捏捏。新加坡無此包袱，可以堂而皇之以利導天下。

團隊精神著重互助合作，因此賞罰不能不分明。隨地吐痰在街上汚染，有損國家形象，只好用重典。新加坡政府的效率越值得稱許，外國商家越有信心。

公司有花紅制度。時年不好，大家節衣縮食。一有盈餘，廣被恩澤。別的部門我不知道，但在當地大學任教的朋友告訴我，他們今年（一九九一年）會發三個月的「花紅」。其他政府公務員，想亦如此。

物質生活滿足之餘，人是否會快樂？這問題太複雜了，根本無由作答。我在新加坡的朋友，大多數是酸秀才，無一唸理工醫出身。這類人牢騷特多，姑妄聽之好了。

依他們的看法，他們的政府確有效率，有時還令人覺得過分了點。生兒育女和婚嫁，本來是個人的選擇，可是你總覺得，雖然不是什麼三令五申，你結不結婚、生多少個子女，最好還是與政府的政策配合爲妙。政府管到人家的房事來。

他們又提到治隨地吐痰和扔廢物的重典。正面的看，這確是維持新加坡市容的最佳保證，可是我們不能不想到這措施可能造成的負面心理。那就是：高度的警戒心容易產生把所有陌生人看成便衣警察的幻覺。

這種防範心理一旦成了習慣，起居便也「思無邪」。「別的行業我不知道」，我那位酸秀才朋友說，「但思路若停滯於顧影自憐的範疇，不能一瀉千里，怎寫得出有靈性的文章來？」

聽了他的話後，我忽然想到「水至清則無魚」的道理。

我是過客，但在新加坡兩天，規行矩步，過馬路絕不敢闖紅燈，掏紙巾擦面時特別留神，恐怕有零碎紙塊不經意奪口袋而出。

離境時坐的士到機場，聽到車廂內發出既似音樂又非音樂的叮噹聲，怪而問司機先生。

「呵，這是超速的自動警告鈴。」他說。

「你是說這是附設在機件內的一種特別設備？」

「對呀！」

「那麼你爲什麼還超速？」

「小小一點超速，警察不抓。再跑快兩步，嘿嘿……。」

嘿嘿，這故事眞人情味得可愛。

荒謬而眞實的世界

一九九一年二月二十八日，波斯灣戰事已近尾聲，盟軍兵臨科威特，摧枯拉朽，如入無人之境。可能是侯賽因總統先聲奪人的關係，說美國是紙老虎，又說除非槍聲不響，否則布殊那廝派來的少爺兵和娘子軍，將要一一倒在自己的血泊中泡湯。

侯賽因本意，也許不光是虛張聲勢。說不定他將身邊的異己清除了以後，左右再無進逆耳之言的人，因此相信美國是紙老虎。此獨夫病在不讀詩書，不知世間有《孫子兵法》。

二十八日那天ABC電視臺中西部時間五時半的新聞，說盟軍在各地堡（bunker）搜索，看看是否還有負隅頑抗的分子時，竟發現古戰場的通訊工具——傳訊鴿。也許這僅是個孤立的「荒謬」例子，但舉一反三，伊拉克在現代化戰爭中，處處落人後，也不足爲怪了。

侯賽因把這場定乾坤之戰喻爲聖戰。美國人呢？除了白宮和國務院的發言人外，一般稍有歷史常識的草根百姓，深知自己子弟遠赴沙場，並非爲了伸張什麼正義，而是爲了確保美國和其他工業國家的石油供應。他們想不通的，是侯賽因總統螳臂擋車，不惜一戰的決定。美國人從沒領略過第三世界的滋味，當然不懂受過損害與侮辱的民族心態。陳毅當年「沒有褲子也要原子」的名言，也只有第三世界的人民才聽得懂。

伊拉克如果光爲了自衞而建核子武器，公平點說，干卿底事？超級大國有的，我們爲什麼不能有？侯賽因千不該萬不該，最不該的是向科威特動了粗。對的，科威特這個王朝，窮侈極奢，腐敗透了。而且，看戰後形勢發展，那位爲民父母的埃米爾（王子或稱酋長），察其德性，是個扶不起來的阿斗。

這樣一個政權要取而代之，可以，但用不著勞駕伊拉克的軍隊。侯賽因揮軍南下，是赤裸裸的侵略行爲，使美國出師有名。

波斯灣一役，如果贏家是伊拉克，「第三世界」國家會不會額手稱慶呢？照理說，亞洲和中東人民，都有過受西方列強分割和剝削的經驗，好比難兄難弟，應該敵愾同仇。但侯賽因有所不知，在金錢掛帥的今天，除非世界各地的窮兄弟都能自立門戶，在經濟上不必依賴工業大國的市場而能生存，否則只好接受現實，寧可忍受強權續領風騷，而不願看到世界經濟因油價暴漲而陷入不景氣。只要他不以行動破壞現有的秩序，侯賽因大可在「意識形態」上作第三世界的代言人，他說什麼都無傷大雅。但他若把攤子毀了，影響了各人的生計，他就形同「公敵」。

這是荒謬而眞實的世界。

海灣戰火，是元月十六日五時（美國東部時間）燃起的。正因這場戰事直接間接影響到升斗市民的生計，過去兩個多月來，我每天晚上都按時收聽ＡＢＣ或ＣＮＮ的廣播。

二月二十三日星期六，ＡＢＣ上出現了一個我難忘的鏡頭。名小提琴家史頓（Isaac Stern）在以色列特拉維夫（Tel Aviv）國家劇場演奏。這是一個尋常的場地。不尋常的是時間——警報響了。也就是說，敵人的飛彈隨時可夷平這塊急管繁絃的劇場。

可是依現場報導所見，聽衆沒有驚惶失措。他們默默的戴上防毒面具後，又正襟危坐的去聆聽史頓撥弄的絲竹聲。

果然是美麗而荒謬的眞實世界。

爲了安全理由，聽衆可以要求退票或要求改期演奏。但他們沒有。史頓亦常人也，他若要保全老命，落荒而逃，別人也不好說話吧。

史頓是美籍猶太人，適逢其會回到故土表演，看他泰山崩於前不改容的氣派，眞有共赴國難的模樣。

退票可以辦得到，但改期在那時看來遙遙無期。誰會料想到伊拉克的共和軍這麼不堪一擊？

我相信，同樣的場面出現在任何歌舞昇平慣了的國家都會中，後果不堪設想。飛彈還未臨空，劇場內說不定早有人被踩踏而死。

以色列的猶太人爲什麼是個例外？電視臺只報導新聞，沒有分析。我們只有瞎猜吧。以色列自一九四八年建國以來，自知其地位是阿拉伯人的眼中釘。爲了不讓人家及時拔去，只好吸取「置之死地而後生」的明訓。除了武器不能不依賴美國供應外，凡事靠自己。海灣戰事爆發後，他們一再對外宣言：「保衛以色列，捨我其誰」，顯示的就是這種骨氣。

四面強敵環立，明槍暗箭防不勝防，朝生暮死，誠非意外。因此以色列壯丁，不論士農工商，穿上軍服就是軍人。一天二十四小時既然都處於備戰狀況，那麼所在地是敎堂、是議會、是學校、是歌臺、是舞榭，其感受都如臨深淵履薄冰相似。

在大難臨頭仍能泰然處之的去聽音樂會，我想這是那憂患意識培養起來的國民性格所賜。他們心中難免一樣感到恐懼，但沒有形於外。也許正如張賢亮小說所言，早已「習慣死亡」。

在資訊傳播日新月異的今天，伊拉克軍隊，仍靠最原始的通訊工具傳達消息。特拉維夫的居民「兵臨城下」，依然苦中作樂。這是我收聽海灣戰事新聞之餘，想到的兩個荒謬而眞實的例子。其實，在這世紀末的今天，荒謬而眞實的人與事何其多也。十多億人口的堂堂大國，何去何從，還要依賴幾個「國之大老」事事拍板定案。這種時代錯誤的政治，既荒謬、又荒唐。更令人寒心的是這種現象眞實得幾乎天天見報。

若降低層次，例子更多。在暴力、吸毒和濫交成爲常數的社會中，父母對子女已不存望子成龍這類的奢望。他們覺得，只要家中的少爺小姐，不染上毒癮、不死於愛滋、不酒後行兇殺人，已是祖宗有靈了。

世紀末的症候，就是這麼可怕。看「寫實主義」的作品覺得荒謬絕倫。看名正言順的荒謬劇卻覺得寫實得眞切入微。

蕭乾是個什麼人

蕭乾回憶錄《未帶地圖的旅人》一開卷就出現刻骨銘心的話：「一九五六年初冬，一位素昧平生的仁兄光臨寒舍。此公滿面春風，儀態萬方。他死說活說把我推入深淵。及至我落難後，他卻在人前大談『蕭乾是個什麼人』。」

蕭乾不是耶穌。那位「仁兄」說這話究竟是什麼意思，因作者沒有交待，我們也難知實情。許是蕭乾耳朵掛了鈎，這樣表示表示，算是劃清界線吧。

許是不屑之言，與「何方神聖」、「何物小子」、「什麼東西」語氣相同。

蕭某不是東西。他是《大公報》戰地記者，旅英七年（一九三九—一九四六）。《旅人》自題回憶錄，但紀陳作者身邊事迹垂七十年，亦可作傳記看。書中所提人物，遍達社會各階層。文化界交遊中，除國內賢達，還有泰西顯貴，如小說家福斯特(E. M. Forster)。從蕭乾的一生，因此可看到中國近代史中一些不尋常的片段。

一九三九年他乘法國客船到英國，在西貢轉船時，受到當時的安南海關人員諸多留難。護照沒收，鈔票要登記，跟他們抗議，殖民官就擡腳踢人。作者邊走邊想，「比較著天津法租界、上海工部局和香港殖民當局的橫暴，西貢的法國殖民者顯然壓倒他們所有的同行了。我在問著：這些傢伙難道也配當雨果、羅曼・羅蘭的同胞？你們爲什麼對日本乘客那麼卑躬屈膝，對無辜的中國乘客這麼殘暴兇狠？」

淺淺一筆，道盡了次殖民地知識分子的辛酸，也說明了一九四九年毛澤東宣稱「中國人民站起來了」，使不願做奴隸的人們聽來有雷霆萬鈞之勢。

蕭乾以有色人種的身分周遊於白人當道的國家中，人家另眼相看，是意中事。有一次他在巴黎的小旅館下榻，與中國駐法使館朋友通電話，話筒突被「又胖又兇」的老板娘一手搶過去。問起緣由，對方嚷道：「在法國，只准講法國話。」

如果日後他不是在英國交上好些把他照顧得無微不至的朋友，蕭乾因受盡奚落歧視而變得仇外，不足爲怪。以文壇掌故言之，他跟以寫《印度之旅》(*A Passage to India*) 知名的小說家福斯特那段交情，特別珍貴。

兩人除了文學外，還有一共同興趣：貓。蕭乾養的，叫瑞雅。福斯特養了兩頭：婷卡和托瑪。瑞雅做了母親後，福斯特還寫信來問候：「希望一切都安置得很妥貼。我多麼想請瑞雅來我們這兒小住幾天呀。我曾向托瑪和婷卡暗示了一下。我不喜歡牠們的反應。唉，兩個都自我中心透啦。托瑪好像還給婷卡一個耳光。」

福斯特親筆給蕭乾寫了八十多封信，其中不少談到自己的和別人的作品。這些信，他一直保存著，後來遇上文革，不消說，這些海外關係鐵證，無法倖免。幸好一次他利用寒假空閑，把福氏從一九四一至四三年給他的信逐封打下來，寄還給他存檔。一九八四年重訪劍橋，取得複印本，否則蕭乾記憶再好，也無法追想「托瑪好像還給婷卡一個耳光」這類風趣的事。

福斯特對蕭乾推心置腹，還有佐證。原來前者寫了本有關同性戀的小說《莫瑞思》(*Maurice*)，遺囑指定等他死後才發表。原稿他卻給蕭乾看了。

異國朋友對他肝膽相照，蕭乾囿於特殊環境，愧對知己。一九五四年有英國文化訪問團到北京，福斯特托一共識帶了新著和一封信給他。其時蕭乾戴了帽子，謝絕任何海外關係，不敢接下。書和信終於物歸原主。蕭乾的猜想是有道理的：福斯特一定以爲自己無情無義，「那對他可能不止是個打擊，更可能讓他對人性喪失了信心。」

以史料看，《旅人》可取的地方是記一九四九年以前那四十年的滄桑。以後那些日子，每到關鍵處，作者欲言又止，也就是文潔若所說的「吞吞吐吐」。這也許與蕭乾交待歷史的態度有關：「寫東西不能圖一時痛快。對過去，不要糾纏在個人恩怨上，盡量站高一些。」

這就是本書卷首語只提「仁兄」，不記姓氏的理由。幸好有文潔若的快人快語。她寫的《蕭乾與文潔若》可與本書互相發明。

《旅人》已有英譯，*Traveller Without A Map*，由英國 Hutchinson 公司出版。譯者為金介甫（Jeffrey C. Kinkley）教授。譯文由蕭乾親自校閱，因讀者對象不同，英文本與原文在內容上略有出入。

但中英文本結尾文字雖不同，態度卻一樣：審愼的樂觀。套作者在中文版的話說：「活一天，我就樂觀一天，相信最終的勝利者是公正和眞理。」

《旅人》的脫稿日期是一九八八年二月十九日，其時六四血洗京華的悲劇還沒有發生。

文字怪胎

六月十日（一九九一年）《人民日報》有題爲〈樹欲靜而風不止〉一文，慨陳各類「反華分子」之不是，執意以六四事件爲藉口，到處與「風」作浪，惹是生非。

望文生義，作者把偉大的黨看作千年神木，是其引典爲題的主因。在其心目中，搞風搞雨的人，渺若蚍蜉，氣力何足撼大樹？

以唯物辯證法的眼光看，這個「典」用得沒有什麼不對，古爲今用嘛。這麼說，是假定那位署名的《人民日報》評論員是曉得他文章的題目是出自韓嬰《韓詩外傳》，也知道接下的一句是「子欲養而親不待」的了。

但也可能那位評論員飽讀的只是馬列毛，不是詩書。總而言之，統而言之，這都不是正常現象。如果錯失出於無知，值得原諒，卻也可悲。堂堂一國喉舌，文化水平怎可與傻大姐等量齊觀？

評論員如果是飽學之士，卻故意斷章取義去「美化」政治（「樹欲靜而風不止」句子多「美」），那是強姦民意。「子欲養而親不待」講的是孝道。

總而言之，統而言之，此乃文字汚染一例，與我最近談到大陸流行「我的夫人」稱謂之匪夷所思、出人意表者，層次雖不盡相同，遺害之烈，等量齊觀。（見〈我令尊，你家嚴〉一文。）

從歷史的眼光看，自白話文流行以來，卽受到各種程度的「汚染」。難得的是，西方學者不但注意到這個問題，而且研究得比我們深入、細心。康乃爾大學 Edward Gunn 教授剛出版《重寫中文：二十世紀中國語體之格調之創新》（*Rewriting Chinese: Style and Innovation in Twentieth-Century Chinese Prose*），就是個好例子。

此書相當專門，而個人對 Gestalt理論和語言學，亦無研究。對門外漢而言，最有參考價値的想是佔全書一半篇幅的附錄。作者費盡心機，把民初以還一些受「歐風日雨」影響下產生的文字怪胎集成一輯，並附英譯，敎人大開眼界。爰舉數則：

(1)「這就因爲我們天天所見的他和圍繞 我們的四周的東西也 是始終不變 。」——劉半農，〈廿六人〉，一九一六年。

(2)「紳士。那嗎，我覺得我有表示我對於那本有害無益的著作的恐怖之義務。」——郭沫若，《少年維特之煩惱》，一九二二年。

郭某是學者，領的是另一種風騷，文字再囉嗦，啃下去就是。但以《雅舍小品》知名、文字寫得金風玉露的梁實秋，論起學來，文字也不好消化。且見：

(3)「況且，犯曲譯的毛病的同時，決不會犯死譯的毛病，而死譯者卻有時正不妨同時是曲譯。」——〈論魯迅先生的硬譯〉，一九二九年。

梁實秋談的是「硬譯」，我們看看一個「硬寫」的例子。

(4)「他是一個畫家，住在一條老聞著魚腥的小街底頭一所老屋子的頂上一個A字式的尖閣裏。」

你道這些綿綿無絕期的句子出自何人手筆？徐志摩，見〈巴黎的鱗爪〉，一九二一年。

本文談文字怪胎，不擬涉及翻譯，但看了 Gunn 教授的附錄後，覺得從事中譯英的行家，眞個是功德無量。下面這個句子，是白話文，沒錯，但並非白得一清如水：

(5)「夢並不是醒生活的複寫，然而離開了醒生活夢也就沒有了材料，無論所做的是反應的或是滿願的夢。」

文字本身難不倒我們，不必翻字典也看得懂。我們不習慣的只是些片語，如「醒生活」，「反應的」和「滿願」等。如果沒有英譯，要弄通這個句子，倒要細心揣摩一下。看英譯就不同了：

Dreams are not a copy of waking life, but if removed from waking life dreams have no material, no matter whether what is produced is a dream of reaction or wish fulfillment.

稍有點英文根柢的讀者，看了這段譯文，再看原文，「醒生活」、「反應的」，和「滿願」這種初看類似密碼式的中文，一下子就條理分明起來。

這個幽玄綿密的句子出自何家？周作人是也，見〈竹林的故事序〉，一九二五年。

周作人和梁實秋俱是今世公認的小品文大家，舊學根柢紮實，怎會寫出以我們今天標準看來是「詰屈聱牙」的文字來？這或許與他們所處的時代與個人志氣有關。二三十年代的語體文，還在實驗與創新的階段。中小學生作文，可以《儒林外史》或《老殘遊記》爲範本，但文字根柢深厚的作家，怎肯拾前人牙慧？像上面引過徐志摩所寫的這類句子，可能就是受了破舊立新、自成一家心意推動的產品。

再說，魯迅體的譯文，塵埃早定，我們今天可以說百害而無一利。下例出自他一九二三年譯作〈與幼小者〉：

「暫時之後，便破了不容呼吸的緊張的沉默，很細的響出了低微的啼聲。」

但魯迅既提倡「硬譯」，這種筆法，是他理論與實踐的結合，別人無話可說。要是魯迅的創作，也出現這種「神龍」體，應作別論。

Gunn 教授在附錄所引的例，完備周詳，不能一一細舉。他說話客氣，把以上提到的各種現象視爲「創新」。「污染」和「怪胎」是我個人的評議。容再舉一例：

(6)「那些名人的醜惡的排洩物，讓他們永遠向惡濁的『過去』的窟中流往——永遠地，永遠地！」（見成仿吾，〈喜劇與手勢觀〉，一九二三年。）

這是怪胎之怪。「排洩物」雖是從名人身上排出來，也是米田共之一種。此物難道還有不醜惡的？「他們」是人稱代名詞，偶一不愼，就會以爲向「窟中」流往的是名人，而不是醜惡的排洩物。

英文翻譯在這方面幫不上忙，因爲「他們」和「它們」沒有什麼分別，都是 them。名人和排洩物混成一體，水乳交融，再難辨識。

溫故知新，應知白話文自成仿吾以來，取得最落落實實的成就。學過他這類文體家的洗禮，再讀《人民日報》，看到誰和誰在「進行」懇切的交談、社會主義是唯一眞理還忠貞不渝地被中華人民共和國共產黨的領導人「堅持」著，倒也見怪不怪了。

毛主席說得好：「通過實踐而發現眞理。」

「樹欲靜而風不止」已通過實踐，所得的眞理是：樹爲光榮偉大中國共產黨之象徵；風與瘋同義，指別有用心的反華分子。

前人所注，一概作廢。

我令尊，你家嚴

這題目不三不四得有點滑稽。不過，你看完本文後，也許會覺得作者不是杞人憂天。

李歐梵最近在《一個時代的結束》談到，他在一班以中文授課的文學選讀課中，全班十五個學生，「只有三個人知道魯迅是誰，而全班都知道『三毛自殺』的消息。」

樂觀點說，這是李歐梵任教地方特殊的環境造成的特殊現象：洛杉磯加州大學。班上的學生的「前身」既然泰半是臺灣的「小留學生」，不識魯迅是何方神聖，也不足爲怪了。換句話說，我們可以把臺灣年青人對中國近代文化傳統的無知，推到國民黨教育政策之失誤上。

李歐梵拿類似的問題到大陸和臺灣去「測驗」，結果如何，難以逆料。我們今天的社會，已到了可以「銷費」文學而不知作者是誰的地步。看過《紅高粱》和《菊豆》兩部電影的千萬觀衆，曉得莫言和劉恒這兩位小說家名字的有幾人？

文化知識之採納與積存，不可或缺者是語文基礎。中共統治大陸四十年，在文字和用語上屢見化繁爲簡、推陳出新的措施。有些字簡得近乎赤裸裸，譬如說以天干地支的「干」取代了乾燥的「乾」和幹部的「幹」，就有鼓勵學子因陋就簡之嫌。

用語習慣方面，有些字時代氣息新鮮得令人一時難以接受。「搞」字在舊社會的聯想，都不大正派，如「搞得天翻地覆」、「搞女人」、「搞風搞雨」、「搞手」等等。可是在大陸地區，「搞」得脫胎換骨，因此「搞革命」言之成理、「搞衞生」是爲人民服務。正因此字用途太廣，有些文化水平差些的同志，把「搞」誤作研究的代用詞。「哎唷，同志，你搞《紅樓夢》呀！」

《紅樓夢》搞搞還可以，可是被「搞」的不是作品，而是作者，那就教人想入非非了。

語文是約定俗成的結晶。十年前你跟大陸同胞唱酬，對方若說「我愛人托我向你問好」，說話者是男的，那麼這裏所指的就是他太太。餘此類推。愛人是中性，即使搬到妻妾成羣的封建社會使用，一樣得心應手。側室？偏房？好辦得很，二愛人、三愛人就是。當然，在沙豬當道的社會中，這種稱謂只是臭男人的專利。

可是，聽說近年大陸民風復古了。在社會上有頭有面的同胞，很講究「長幼有序」這一套，也就是說，不高興人家淡淡的稱呼一聲同志。你叫鄧小平同志無所謂，因爲他老人家的斤兩，不必什麼銜頭來擡舉。但小小一個什麼局，什麼所的局長、所長，也是一官半職呀！聽說這是近年同志日漸消失，局長、所長、廠長出人頭地的社會因素。

愛人也聽說不流行了。代之而起的是封建社會的餘緒：夫人。夫人跟太太的最大分別，除了不應紆尊降貴洗手作羹湯外，還有稱呼習慣的規矩。說你太太跟我太太眞是合得來可以，可是說「你夫人跟我夫人都不會反對」，就會令在舊社會中長大的人側目。

而且，嚴格來講，「你的夫人」除了有點囉嗦外，還有點不敬。要封建，就封建到底，恭而敬之的拖長聲音說：「尊夫人……」。思想開放如李鵬總理者，聽了也會騰雲駕霧。

閒話表過，且說這種「特殊文化現象」背後的隱憂吧。大陸的教育制度，既因政治環境的關係，禮樂不作多年，除了老一輩的知識分子，想是「搞」不清家嚴和令尊的分別了。如果舊傳統代表的是對吾國若干繁文縟禮的基本認識，那麼，一個時代眞的結束了。

這種教育斷層的缺口，不是一朝一夕補得過來的，而且，在白話文通行了近百年的今天，最少在人稱方面不必復古。你太太我太太、你爸爸我爸爸，文明得很嘛，一點也沒有失禮。怕的就是你夫人我夫人這種不甘寂寞的風氣蔓延下去，最後惡紫奪朱，恭維人家說：「你的犬子眞聰明，我的千金眞愛玩」。

希望這種文字亂倫現象，永遠不會出現。不過，大陸出產的文字怪胎，的確層出不窮。據說最近招待客人有兩種等級：「外賓」與「內賓」云云，眞匪夷所思。

說不定明天就聽到朋友對我說：「你說話這麼不客氣，太見內了！」

這是文字約定俗成可怕的一面。少數服從多數。大陸十一億人口，我們持異議者，渺滄海之一粟，到「內賓」也上了《新華字典》時，看你還識不識時務。

好吧，你家嚴，我令尊，聽多就習慣了。沒有大不了的事。正如新版Random House字典，已「改史」把 history 更替爲 herstory。多看，也不會覺得有什麼不對的地方。

可見急待修正的，還是我們自己。

汨羅遺風

《續齊諧記》有這麼一條記載：

> 屈原五月五日投汨羅水，楚人哀之。至此日，以竹筒子貯米，投水以祭之。漢建武中，長沙區曲白日忽見一士人，自云三閭大夫，謂曲曰：「聞君常見祭，甚善。但常年所遺，並為蛟龍所竊；今若有惠，當以楝葉塞其上，以綵絲纏之，此二物蛟龍所憚。」曲依其言。今五月五日作粽，並帶楝葉、五花絲，皆汨羅之遺風也。

《續齊諧記》係唐前志怪。此類文字，每多怪力亂神，因此屈平是否曾經在漢建武中現身長沙，姑妄聽之好了。

值得注意的是把屈子這個歷史人物衍生而爲神話與傳說的文化背景。三閭大夫感時憂國，哀民生之多艱，始有楚人哀之祭之。神話的意義，不在紀實，而在民間價值觀念之反映。這也是漢學家 Derk Bodde 花了多年工夫研究中國節日來源與意義的理由：要從文字紀錄以外去觀察中國心靈。（見 *Festivals in Classical China*，一九七五。）

前引《續齊諧記》屈原條，採自李劍國編的《唐前志怪小說輯釋》。有關粽的出處，一說「屈原婦所作也。」又：「夏至節日食粽」等等，不一而足。不過可以肯定的是，沒有屈原投江自盡這典故襯托，端午不會在民間演進成懷念忠良的別稱。

端午又稱端五、端陽、重午、重五，怎麼叫都無所謂，總之五月五日是屈原節就是。

如果我們把《續齊諧記》這則作神話看，不難一下子就找到所謂「口腔文化」的證據。屈子一離人間，楚人就怕他餓了，因此他們獻的不是鮮花，而是米飯。「口腔文化」在今天說來是貶詞，但此例的受惠者既是「顏色憔悴、形容枯槁」的屈大夫，也夠人情味了。Derk Bodde 想也然吾說。

屈原在此則志怪中雖被神話化，卻未被神化。他在汨羅江底仍是一介無縛鷄之力的書生。夫子薄命竟如斯，在陽間受小人排擠，在陰間受妖物欺負。

除了粽子外，提到端午節不能不想到賽龍舟。看了李劍國的引釋，才知道屈原「五日先沉，十日而出，楚人於水次迅檝爭馳，櫂歌亂響，有悽斷之聲，意存拯溺，喧震川陸。風俗遷流，遂有競渡之戲。」

餵三閭大夫以粽子已夠人情味，「意存拯溺」之龍舟賽尤見古風。

古老的民族，都有神話紀錄，依賴這份遺產滋潤自己的精神生活。美國立國歷史太短，本無神話可言，但既是西方文明一部分，因此美國人可以認同希臘神話英雄普羅米修斯的淑世精神，或從依狄浦斯的悲劇記取教訓。

八五年崛起的大陸作家如莫言與韓少功，作品每觸及我們這老大民族的墮落問題。既稱墮落，就意味「先前不是這樣子」的。一個可以在想像中孵孕出神農女媧的民族，是偉大的民族，想不到今天竟然生下了像阿Q和丙崽這類的不肖子孫來。

也許我們過端午節時，忘了粽子原來是給屈原吃的。也忘了賽龍舟的本意，是傷屈原死，「故竝命舟檝以拯之」，與水上運動風馬牛不相及。

屈原亦人也，卻入了神話，看似不倫不類，但由此可見國人在精神上追求模範典型之飢渴。一九八一年我在成都參觀杜甫草堂，正要離開時，忽見一村婦趨前，看到工部雕像，倒頭跪拜。初是一愕，後來想通了：這是精神需要寄托的表面化。她可能沒讀過〈兵車行〉和〈麗人行〉，但憑故老相傳準知道，杜甫是「父母官」。這已值得她膜拜了。

關羽成了關聖帝君，識者也許覺得莫名其妙。但民間只孤立的看到他忠肝義膽的一面，奉爲神明，乃是價值認同。楚人哀屈原，是肯定他憂國憂民的一面。

我們吃粽子時還想到三閭大夫的習慣一天不改，至少證明我們民族的歷史記憶還沒有完全衰退。吃什麼風味的粽子，倒不必計較了。

捨本逐末

劉恆小說《伏羲伏羲》改編的電影《菊豆》，居然在美國中西部子虛省烏有市上演了。看五點半的「公餘場」，座上客半滿，喜見美國民智漸開，對東方的文物，日感興趣。

可是除了少數關心世界的知識分子，相信在座觀衆沒有幾個曉得這是一部中國大陸政權認爲有問題的片子。要向滿腦子人權女權的老外解釋，眞不知從何說起。有什麼可爭議的？通姦亂倫，古已有之，於今爲烈，不足爲怪。看過魯迅小說的老外，說不定還會模倣阿Q的口吻說：「這種玩意，咱們幹多了。你們不配！」

說眞的，話不必遠溯希臘悲劇，單就題材而論，《菊豆》的人物和背景，倒有三分像奧尼爾的《榆樹下之慾》（*Desire Under the Elms*）。劇中那個清教徒糟老頭，把幾個老婆折磨死後，再用錢買了一個年華三十五的「繼室」，訂明除非她給他生個兒子，否則休想繼承田產。老頭的前妻給他生了幾個兒子，其中一個留在農場。這個兒子知道媽媽是被老頭折磨死的，因此對老父恨之入骨。

繼室爲了要「借種」生貴子，兒子想到替母親報仇的方法，莫如姦他的後母。兩人各懷鬼胎，也就幹起亂倫的事來。因此單就《榆樹下之慾》而言，既有亂倫通姦，也有相當於買賣人口的勾當。

這個劇本，在老美看來，沒有什麼好爭議的。奧尼爾得了諾貝爾獎，他們與有榮焉。其實，以亂倫通姦作題材，我們早有國產名劇《雷雨》。眞想不通我們的北京頭頭爲什麼對《菊豆》這麼大驚小怪。

說此片鏡頭暴露？那得看什麼標準。鞏俐唯一「暴露」的鏡頭，就是露背的上半身。如果國內同胞看到「酥背微露」也會性衝動起來，那眞是吾國國民健康達巔峯狀態的最佳指標。

我想中共當權派對像《黃土地》、《老井》、記錄片《河殤》和目下《菊豆》這種影片的顧忌，並非出於「道德」的考慮，而是「形象」問題。這些片子的鏡頭拍得好美，不幸的是鏡頭越美，中國人貧窮落後的面貌越迫眞。

用心確是良苦，但客觀的看，這全屬庸人自擾。貧窮落後不是罪惡。看完《菊豆》的老外觀衆，有思考習慣的，會回想到的問題，不會是中國染布場的設備「跟不上時代」、或農村經濟跡近原始的狀況。他們習慣聯想到的應是封建制度和宗法社會所遺留的人權問題。沒有這種野蠻制度作後盾，楊金山那敢爲所欲爲？正因我們看到菊豆在他的淫威下痛不欲生、楊天青在他的剝削下牛馬不如，我們原來對他們姦情作道德裁判的衝動，不知不覺被同情心抵消了。嬸姪二人相擁在一起，我們頓起相濡以沫的錯覺。

這是《菊豆》劇力感人的地方。正如我們讀李昂的《殺夫》，明知殺人的事爲法所不容，看到可憐女手刃禽獸不如的丈夫時，人心稱快，覺得此「獸」死有餘辜。

劉恆的才氣配得上他的膽色，把中國文化的陰暗面曲曲傳出。他繼承的是魯迅的傳統。如果魯迅的藝術受到肯定，爲什麼他傳人的作品要「耳朵掛鈎」？

野蠻與殘忍的性格，是全人類天性的一部分。所謂文明，就是通過教育把這些劣根性改良的過程。明乎此，中共領導人再不必爲《菊豆》這些作品所創造出來的「形象」擔憂，因爲像楊金山這類人，不是中國的特有產品。去年英國學者Mark Edward Lewis出了一本研究中國上古史時代「法定暴力」的書（*Sanctioned Violence in Ancient China*），在序言中就提到，今天的西方文明，也是經過漫長的、野蠻的、殘忍的過程才定位的。西方人用過嬰兒祭神、吃過人肉、焚過女巫、弒父殺兄姦母——也就是說，我們「禮義之邦」引以爲恥的事，西方人都有過記錄。這種事，人家坦然承認，旨在記取教訓。別人爲了忠於歷史，不計較形象，卻於形象無損。

中共爲了樹立高大全形象，不時與文藝和藝術工作者爲難，反而予人口實。若是誠心誠意要維護國家民族的形象，就不應讓六四天安門這種悲劇發生。這個形象都破壞了，別的何必斤斤計較？眞是掩耳盜鈴，捨本逐末。

壽則多辱

飯前飯後讀報，每有所得，便擱在一邊，待他日閒時重溫。月來存放抽屜的文潔若記〈一九四九年以後的周作人〉一文，當時決定剪存此文的動機，不是收集史料，而是看到周作人過六十六歲（一九五一年）生日時在日記寫下的四個字：「壽則多辱。」一個在視「壽比南山」爲無上福氣的文化價值中長大的老人，把多壽看成多辱的正比，誠屬少見。

周作人於抗戰軍興時，沒隨北大同仁南遷，並在僞政權下出任北京文學院院長，後來更官拜華北政務會教育督辦。引用《中國文學家辭典》（四川文藝出版社），周氏「墮落成爲漢奸文人。」

一九四六年五月，國民政府把他捉將官裏，判刑十年。共產黨上臺後，他獲准回北京定居，但「文化漢奸」之罪名，未得平反。

「壽則多辱」。文潔若女士說：「知堂老人不幸而言中！只因活得太長了，生命的最後九個月，他確實受盡了凌辱。」

周氏歿於一九六七年。《中國文學家辭典》僅說他「病死」，沒有涉及其受凌辱的經過。

狹義的講，「壽則多辱」是周氏洞悉自己過節不爲世所容，自遣悲懷的話。以漢奸身分苟全人世，多活一天就是多受一天精神折磨。

但這句子最發人深省的地方，卻是其牽涉到摩登社會悠悠衆生廣義的一面。

在子女給父母寫信上款落「父母親大人膝下，敬稟者」的農業社會中，毛髮俱全、齒牙不動搖而又長壽，也許是一種福氣。卽使子女四散，但「在堂」兩老耳聰目明，胃口正常，步履穩健，衣食無虞，那麼，長壽不是一種詛咒。

「壽則多辱」是身體功能日漸消失時，老伴先撒手而去、囊空如洗、舉步維艱、飲食賴人照料：一句話，自己成了親人或社會的負擔，此時也，多活一天，無疑自取其辱。子女不能侍奉在旁，引咎於心。社會的福利制度照顧不周，是這種制度的瘡疤。

有關這類活着對自己是痛苦、對別人是負擔、命若游絲的老人慘象，大家在報上或電視上看多了，不必細表。在安老院養命的，若「遇人不淑」，身心都會受盡折磨。

求長生向來是一種時尚，中外如此。國人精研各種補品，老外講究健康食物，其理一樣。死，是一種忌諱，不然我們不會用「歸道山」、「到西方極樂世界」這種轉喻去輕描淡寫一番。可是西方社會風氣有轉變的跡象了，他們開始懷疑「好死不如惡活」的說法。Derek Humphry 的 *Final Exit* 一上市，就成熱門書，是一近例。翻成《一死了之》也好，《了此殘生》也好，總之，這是一本敎人怎樣去尋「安樂死」的專書。作者除了提供技術資料外，還注意到人情禮節的一面：你如果非得在旅館求解脫不可，別忘了留一便條，說些抱歉的話。除此以外，還得留下一筆可觀的小費。

作者說他絕無鼓勵人家自殺的意思。他相信一般讀者買下此書，不過爲了以應不時之需，到了自己覺得眞的「痛不欲生」時，有門徑可尋。

以此意義言之，《了此殘生》一書，給周作人「壽則多辱」提供了一個現代解說。

其實，卽使無病無痛，生活無憂，長壽過了頭，也是大悲劇。坦尼森以希臘神話爲本寫成的名詩 Tithonus 講的就是一個「壽則多辱」的故事。王子取得長生藥，但給他藥的女神忘記應該同時給他青春長駐的配方，害他衰老得不像人形，痛苦不堪，但求速死。這對求長生的人說來夠諷刺的了。

「活過了頭」，別的折磨不說，單是「訪舊半爲鬼」、「風雨再無故人來」，已不是滋味了。

閱報知林風眠老先生在睡眠中安靜地過去了，這是幾生修來的福氣。前兩年在港跟他有數面之緣，老人家耳聰目明，胃口奇佳。他是「壽則多辱」一個反例。願老先生息止安所。

天廚與地茂

一個講究吃的民族，給館子取名也不會含糊。近讀逯耀東先生〈飲咗茶未〉，始知三十年代廣州某茶樓名惠如的因由。原來是：「惠己惠人素持公道，如親如故常暖客情。」

當然，菜式泛泛的館子，名字取得再雅，也是吃不開的。因此惠如茶樓有「看家常點」甫魚乾蒸燒賣，「以大地魚炸後壓成粉末，調入猪肉、香菇、鮮蝦、鷄肝餡中而成」。單看配料已知此物為上品。

沒有這種看家常點壓陣，單憑名字看惠如，實在沒有什麼了不起。

不過，酒樓菜館名字取得別致，在宣傳上總佔先聲奪人的便宜。你想想看，如果外地來客，無朋友指引，只靠報紙或電話簿的「黃頁」廣告選菜館，看到「天廚」、「太白樓」或「醉湖」這些滿有文化氣息的招牌，會不會發思古之幽情？

如果不從雅方面着想，那不妨別樹一幟。臺北的「長風萬里樓」，囉嗦是囉嗦點，就因有特色，我記下來了。還有兩家已成歷史的，就因其名字不流俗套，我也惦念得很：一是早已收爐的「老地方」，二是舊情不再的「舊情綿綿」。

俗名也有俗名可愛的一面。香港有以小菜知名的「地茂」（茂想爲「痞」之粵語諧音），雖然裏面設備現代化得很。冬暖夏涼，椅子都是軟墊子的，要顯地痞架勢，蹲着一條腿吃喝，也不方便。

亦有飯店名阿二者。若不知典故，阿二也尋常如張三李四。據廣東父老相傳，阿二者，指地位有別於「大婆」的「側室」或「偏房」的婦道人家而已。

此說尚可，但阿二跟吃喝有什麼關係？尊駕有所不知，原來廣東人愛喝炆火熬出來的「老湯」。煲老湯既化時間，又費心機。大婆呢，名分定了，有恃無恐，老娘才不跟你來這一套，七、八小時站在爐子旁邊讓煙火折磨自己的皮膚？有這份閒情，不如打麻將去。

阿二呢，要鞏固自己的地位，唯一的憑恃是討郎君的歡心。那一天要他過來留宿，只好「煲靚湯」誘之。

阿二靚湯，據云典出於此。我們這個時代的男人也太幸福了，不必像封建時代那些可憐沙豬，爲了喝靚湯而討阿二，增加經濟負擔。今天在香港的住家男人，大可名正言順的與大婆拍着拖去看阿二，花一頓普通飯菜的價錢，就可以享受到她的「看家湯水」和愛心。

話分兩頭。一離開中文爲第一語言的地區，什麼醉湖、太白、天廚、天香，都枉費心機。阿二呢？你少來封建沙猪這一套。

同胞來到講「番話」的地方開中國餐館，命名確費煞思量。像「天廚」這種雅號，當然可以依字典照翻，但除非那位譯者搞通天廚的天是天子的天，不是天堂或天國的天，否則譯出像 Heaven Kitchen 這種名號來，必門堪羅雀。爲什麼？你要我當「天堂食客」，心何其狠毒也。

「天子廚房」，The Kitchen of the Son of Heaven，不壞。嫌囉嗦的話，乾脆叫 Imperial Kitchen 好了，最少保全了咱們「普天之下莫非王土」的天朝氣派。

中國人在外國開餐館，要旗幟鮮明的，也只有突出自己文化的表徵，因此諸如Imperial或 Mandarin 這類「圖騰」字眼，屢見不鮮。再不然就是「金龍」、「彩鳳」、「紫禁城」等等。新派點的，叫「熊貓」。倒還沒有聽說有叫雷鋒或白毛女飯店的。

一九九〇年暑假在牛津，口裏淡出鳥來，吃盡了金龍彩鳳。但因出無車，離宿舍較遠的一家中國餐館，慕名已久，卻始終沒下定決心走一大段路或叫計程車去光顧。

那家餐館的名字，也俏得很，叫「鴉片館」，Opium Den。你的忌諱，正是我之所好，掌櫃的想來絕非等閒輩。他大概給皇家主上這類封建殘餘煩死了。

鴉片館已夠絕了，但更絕的還有。我住的烏有市，有老美在離城或進城的公路進出口處，開一不重門面裝潢，只講塞飽肚子的熱狗飲料店。你道叫什麼？光管招牌亮處，只有一個字：EAT。在「吃」字旁邊，還有一箭形指示標誌，告訴你說：「你要吃，到這邊。別跑錯地方。」

老美眞是實事求是的民族啊！

四百年不變

什麼東西四百年不變？文末將會水落石出。

最近清理案頭積件，翻到去年九月（一九九一）《芝加哥論壇報》週日特刊一篇文章，知道芝大教授芮效衞（David Roy）英譯《金瓶梅》前二十回，將由普林斯頓大學出版。

此說部合一百回。據《論壇報》不記名的訪問者所言，芮教授的翻譯工作，始於一九八三年。六七年的工夫才完成了二十回，難怪全書的譯文，他估計要到二〇〇七年才能殺青。那時他已七十四歲，而他與此小說結下的緣份，也前後歷盡四十寒暑。

這是跨越兩個世紀的譯作。

芮效衞譯文散篇，幾年前在《譯叢》發表過。明眼人本此可知他譯筆緩慢的理由。霍克思、閔福德、楊憲益和戴乃迭譯《紅樓夢》，對象是「不求甚解」，趕着下回分解的讀者。芮效衞譯文，是給行家把玩的，態度與余國藩譯《西遊記》相似。

《金瓶梅》題目的含義，不必爲識者贅，但據譯者考據所得，此三字可能另有隱喻，或可解作 Penetration of the Vagina is Great。要實事求是中譯，有點那個，就說「男女交歡，其樂無窮」吧。讀者對象既是行家，口說無憑，不能不引經據典。憑常識猜想，前二十回的單行本上市時，注疏的篇幅，可能佔上全書的三分之一。

單爲注釋譯文而做的資料咭片，已有四萬張，花了芮教授十年時間收集。

芮效衞哈佛出身，博士論文寫郭沫若，一九六七年受聘芝加哥大學，即以《金瓶梅》開研究院的課。那一年選課的研究生只有一人。師徒二人以平均每週一回的速度去啃這本詞話。

「芝加哥大學有這種好處」，芮效衞對訪問者說：「你愛怎麼幹，就怎麼幹。」他說的好處，就是校方沒有因爲他學生人數太少而取銷這門課，讓他一年復一年的像私塾老師面對一二蒙童傳授心得。這種好處，也只有求諸把研究、著作、出版放在第一位的私立學校。芮效衞教的要是公立大學，恐怕難有這種教學相長的方便。他可能迫得開「易經與中國占卜藝術」這類以廣招徠的課。

不過這是題外話。

有關《金瓶梅》在小說史上的地位，芮效衞亦從魯迅言：「作者之於世情，蓋識極洞達，凡所形容，或條暢、或曲折、或刻露而盡相、或幽伏而含譏、或一時並寫兩面，使之相形，變幻之情，隨在顯見，同時說部，無以上之。」

不但在中國的「同時說部，無以上之」，在世界文學的地位《金瓶梅》也極爲特殊。芮教授認爲十八世紀前的西方小說，論成就與影響力，只有《唐・吉訶德》可以比擬。

《金瓶梅》誨淫誨盜的墨跡，眞是力透紙背，掩飾不得，也不必掩飾。此書能在小說史上佔經典地位，自然奠於其借宋喻明的筆法，對萬曆年間綱紀不振社會現象的鞭撻。依小說家言：「那時徽宗失政，奸臣當道，讒佞盈朝。高、楊、童、蔡四個奸黨，在朝中賣官鬻爵，賄賂公行，懸秤升官，指方補價。夤緣鑽營者驟升美任，賢能廉直者經歲不除。以致風俗頹敗，贓官貪吏，遍滿天下。役煩賦興，民窮盜起，天下騷然。」

訪問者引了一位十九世紀德國民族學家的話，惜未落姓名出處，他說：「你看完《金瓶梅》後，對中國人生活的認識也七七八八了。」

《金瓶梅》究竟在那方面可以幫助二十世紀的讀者了解中國社會？芮效衞借了魯迅的話：今天的中國社會，與書中所描寫的世界，事實沒有什麼分別。

芮效衞個人的意見如何？「我想中國人四百年來沒有多大改變。」

這就是本文題目的因緣。

美國漢學家，除了日後當官的或好以在野之身問政朝廷的，筆下鮮見對中國人或文化作道德性的批評。想是他們雅不欲越俎代庖。嚴格說來，「四百年來沒有多大改變」不算批評，但言者可能無心，聽者難免百感交雜。四百年前是萬曆十九（芮教授的訪問稿發表於一九九一），中國人的天空幾度物換星移？芮效衞的話，是不是有點言重了？

但反過來說，他說的改變，可能另有所指。也就是說，四百年不變的是民族的心態，而不是朝代的更替。帝制雖然推翻了，可是帝王思想仍是凝聚不散。家天下、黨天下的封建意識，跟萬曆年間的統治者相比，不遜風騷。

六四天安門事件給國人造成的心靈創傷，不必多說。芮效衞父母是傳教士，他和他現任駐華大使的哥哥 James Stapleton Roy 在南京和成都長大，一家人與中國的淵源至深。屠城悲劇，想來他感同身受。

四百年不變之說，如非出於芮效衞之口，實無新意，因爲類似的話，常見於近年國人所寫的反思文章中。世界瞬息萬變，不變就是退步。韓少功中篇小說〈女女女〉經營的，就是這個觀念。故事中的么姑，違反進化論原理，竟日漸退化，變成魚身。

英文成語有言，It is the singer, not the song，意謂歌本尋常，但歌者卻有特色。外國學者研究《金瓶梅》之餘，看到我們的「大事不妙」，心之謂危，不欲隔岸觀火，才一反常規「表態」。

鄧小平以前說過什麼什麼五十年不變。最近又改口說一百年不變。一個年近九十的老人，居然能對身後政局作如此山長水遠的承諾，流露的是什麼心態？

四百年不變的話，確有道理。

哀　鴻

陳白塵的《雲夢斷憶》，記的是作者三年多的牛棚經驗。題材雖是「大浩劫」鱗爪，但老先生着墨哀而不怨。文字洗練，不像年輕一代的大陸作家，用詞遣句，屢見沙石，難以終卷。

集中尤爲可誦者乃〈憶鴨羣〉上下兩篇。陳白塵說得對，中國近代畫家對動物有偏愛者不少，如白石老人的雛雞、徐悲鴻的馬、吳作人的熊貓和駱駝、黃永玉的貓頭鷹、黃冑的毛驢、陳大羽的雄雞。「畫鴨的也有，卻未見專家，而且只見其在翎毛上下功夫，能傳鴨之神者少見。」

作者如善丹青，就其伴鴨爲生觀察所得，必可爲國畫另闢境界。下放的滋味，不足爲外人道，但對作家體驗生活而言，確有意想不到的收穫。陳白塵要是沒有坐過「鴨棚」，寫不出這種「心得」來：

鴨羣下河以後，有的也在水面上試飛，竟能飛出幾丈遠，這就是牠有自知之明。而這種水面飛行，有如水上飛機，也挺美的。至於扎猛子的鴨子，潛游水底若干丈以後又躍身而出，又何嘗不美呢？還有的互相角逐，有的互相問答，真是一派歡樂景象。自然，公鴨則於此時「選美」，以遂其「敦倫」之樂了。但公少母多，則向隅者衆。有的終於「失戀」了！這時，我每每遇到這樣的「失戀」者，牠伏在我的脚前，咕咕作聲，不肯離去，我知道牠為什麼，便以掌撫之，並拍上幾拍，牠便欣然而去了。

淺淺幾筆，便道盡了作者與鴨羣相依爲命之情。這是特殊環境使然。如果蒲松齡作《聊齋》果如王漁洋所言，「料應厭作人間語，閒聽秋墳鬼唱詩」，那麼，陳白塵與畜牲爲伍，自得其樂，心態不難想像。文革時期的中國，綱紀敗壞，倫常蕩然。賣友過關，滅親自保的事，層出不窮。

〈憶房東〉一則就有這段話：「前天晚上，一位老朋友就以『朋友』身分來探聽我對那篇文章的意見，我也如實說了：未敢苟同。現在便明白，這位老朋友是企圖從我口中索取子彈，以便來射擊我的了。」

人做出禽獸幹不來的事，難怪陳白塵對鴨羣情有獨鍾，因爲「牠們堅持眞理而又溫良和平。」

陳白塵文革時名列黑籍，自然是動亂十年的受害者。《雲夢斷憶》篇幅雖短，筆觸雖處處避重就輕，亦可見傷痕累累。廣義的說，凡是劫後餘生的記載，都可視作 confessional literature 或懺情錄。寫這類文字，得先「三省吾身」。別人傷害了自己，一筆記下來是本份。但自己曾否有意或無意的損害了別人，也不應含糊。自四人幫「粉碎」了以後，我們所看到的懺情書，多屬前者。當年張牙舞爪、含血噴人的鬪士，竟沒有一人願意交心？

陳白塵自己有沒有幹過日後懊悔的事？他不「交心」，我們當然不知道，但可以猜想。近閱《蕭乾與潔若》，卷上「風暴來臨」言及五七反右鬪爭。社會主義大法堂有同志指控蕭乾陰謀篡奪《文藝報》領導權時，被告忍不住站起來申辯。

此時也，臺下的陳白塵就帶頭喊：

「不許右派分子蕭乾反撲！」

然後：「羣衆振臂高呼口號，情緒激昂，大會主席正式宣布禁止他（蕭乾）插嘴。」

批右運動陳白塵剃了蕭乾的頭。想不到不出十年，自己的頭也被別人剃了。

此文無意算陳白塵的帳。再說，他除了帶頭喊「不許右派分子蕭乾反撲」外，還有沒有幹過其他「勾當」，文潔若再也沒有交代。

我想說的無非是，陳白塵等人既生活在《一九八四》大洋邦那種社會中，即使在蕭乾案子中做了「幫兇」，也許是情非得已。形勢比人強。大洋邦的史密斯，本無意出賣茱麗亞，但怕老鼠啃自己眼睛，才向老大哥投降。

以慈悲心觀之，陳白塵也是哀鴻。

老廣的臉譜

劉恒小說《黑的雪》主角李慧泉，是個棄嬰，長大後好耀武街頭，行俠仗義。因此身分雖屬問題人物，作者在字裏行間，每另眼相看。包括對他外貌的描寫：「他不知道自己怎麼成了這副樣子。嘴唇黑厚，顴骨突出，兩隻眼睛大而無神。他長得不好看。許多人說他很可能是南蠻子，他中學時的綽號是『老廣』。」

「嘴唇黑厚，顴骨突出」，這長相實在不可愛。李慧泉身世悠悠，父母是誰已渺不可考，遑論籍貫。但認識他的人都認爲他是南蠻子，可知一般人對廣東人的形象，自有先入爲主之見。

當然廣東讀者也不必認眞。一來李慧泉雖背了老廣惡名，卻沒有幹下大不了的壞事。跟小說中衆生比，他還算正派的了。二來你拿鍾楚紅和周潤發的彩照端詳，也看不出什麼異狀來，可知粵人也有長得俊俏的。

在舊時美國電影出現的中國人，鮮有幾個望似仁君的。女子總是墮落風塵，男人多爲傭僕。再不然就是以得道長者姿勢出現，在銀幕上似禪非禪的胡說八道一番。再等而下之的當然傅滿洲。經驗多了，在螢光幕下一見支那人出現就心有戚戚然，本能的緊張起來，急着要看這位同胞怎麼收場。

想不到，看中國人自己寫的書，也得忍受懸疑經驗。小說結尾時李慧泉塡表格，自問自答：「親生父母是哪兒人？北京人不會給他留下這麼高的顴骨和這麼厚的嘴唇。」

湊巧劉恒是北京人。在詩詞中出現的江南煙雨，多指江浙。依地理而言，廣東雖也處江南，但粵人在北方作家筆下的形象，卻遜風騷。老舍小說《二馬》中的父子，一直羞言自己籍貫，後來想到孫中山也是老廣，才勉強攀了鄉親關係。

劉恒和旗人老舍說的自是京片子，在嚼爛舌頭也學不來樣的老廣面前，難怪沙文得很。上海話和厦門話，對哥們兒說來，不見得比廣府話易懂，可哥們兒捉弄的對象，偏多是老廣的南音。有時拿來開玩笑的，不僅是說話人口齒不淸。多年前楊明顯女士就笑話過一種在香港一度流行過的瑞士錶的音譯。芝栢錶用粵語唸來，古趣盎然。芝栢成了鷄巴，乃是京片子的失誤。芝栢與鷄巴在粵語中是風馬牛的事。

北佬作家對南蠻也有菩薩心腸的。最近用了阿城的中篇〈孩子王〉作敎本，看到「我和老黑進去，那人便很熱情地招呼坐位和熱水。……招呼我們的人就笑眯眯地說，帶很重的廣東腔……」。

看到那段落，我暗叫不妙，生怕那人和敍事者交談時，出了誤把芝栢作鷄巴的醜事。幸好阿城手下留情，那個熱情地招呼着新來老師、喚作老陳的「那人」，除了口音外，顴骨不高，嘴唇也不厚黑。再說，即使他口音濃重，在文字上也聽不到。

在作品中突出一個人的籍貫或血統或種族，總不能一筆帶過，對那人的特徵一字不提，讓讀者白白期待一番。從前好萊塢電影，多以白人主流文化爲依歸，講的當然是白人的故事。通俗白人文化，自有一套價值觀念和善惡標準。他們對非我族類的黃種人或「紅番」，看法約定俗成，難怪這種角色除非不出現則已，一上鏡頭，就入框框。不是極善，就是極惡，絕少見到中間人物過着尋常的生活。

莎劇《威尼斯商人》，因做買賣的是猶太人，人物非「主流」，只好背負異端分子的原罪。也就是說，主流文化對他們的偏見。

香港報紙的廣告，大多以廣東話成文。打開中國近代史，粵人在各行業中出人頭地者，大不乏人，但在新文學運動以還成績斐然的，實在不多。同是炎黃子孫，北佬再沙文，也不能把老廣目爲非我族類。但語言不通，難免有化外之民之譏。如此觀之，則老廣走進北佬的小說天地，倒有幾分像「紅番」現身於白人的電影世界。不見他們呼嘯聚賭，吃蛇羹狗肉猴腦，是出於作者一念之善。

阿城筆下的老廣阿陳，形象一下子就從他小說淡出，一來可能是他把所有知青作哀鴻一樣看，沒有突出籍貫不同、言行必異的需要。二來他可能對老廣行狀認識不深，既不想落俗套，也就不必另記一筆了。

年輕一代作家中，描繪老廣面譜最到家的要算朱天文。〈帶我去吧，月光〉就有這麼出手不凡的一段：

Jeffrey Hsia，夏杰甫。港仔囉，來臺灣渡週末，把馬子，美茵這樣說。要佳瑋代替她去機場接夏，找了小岳開車。臨走美茵扔給小岳一捲梅艷芳卡帶車上聽，杰甫喜歡梅艷芳，沒見過那麼醜的女人。

在「南北和」的香港，港仔不一定是老廣，說不定夏杰甫是在香港長大的山東人。但不論夏某原籍哪裏，港仔是極易醜化的對象。可朱天文不流俗套，她勾劃出來的港仔，入木三分。此人非善男信女，但顴骨不高，嘴唇不黑不厚。

朱天文對老廣瞭解之深，一半是她小說家的天份，一半想是通過密友「港女」鍾曉陽得來的認識。「愛屋及烏」，自然對老廣處處留情。看來劉恒不妨交一些港仔港女朋友。

形象與商標

人之形象猶如貨物之商標。形象有類型與個體之分。舊時香港電影給董事經理階級角色造像，多見其人體態微胖、頭髮半禿、挺著大肚皮。有時口啣雪茄。這就是商界權貴中人約定俗成的形象，是類型。

商場鉅子身裁窈窕、頭髮黑潤、煙酒無緣的當然大有人在。他更可能是個任誕不羈、放浪形骸、驚世駭俗的人物。那麼，他是這類階級的個體。

各行各業的人都有形象。醫生、神父、牧師。你說好了，輕吟一句「慈母手中線」，就撩起偉大母親的形象。壞媽媽是個體。

雖然在旁觀者心目中，每個人因工作或職責的關係，都是類型形象的代表，但平日我們對他們的言行，不甚計較。

值得我們斤斤計較的形象，均非凡夫俗子，如聖人、烈士、革命家，或任何勇於為信仰證道的有心人。正因我們跟他們相比，自覺渺小，因而生出景仰依賴之情。他們活在世上，是人類拔乎俗流、超凡入聖能力的具體說明。

波蘭籍的天主教修女 Mother Teresa，畢生奉獻於照料印度的痲瘋病人，這種形象的一舉一動，才受世人注意。她入院開刀動手術，也因此成了新聞。這種無私無我的現世聖人爲了一種理想出來登高一呼，自有從者響應。我們看看慈濟大師在臺灣和大陸所做的善事就知道。

形象越鮮明，個人的人身自由也越少。正因他們是萬流景仰的偶像，言行一有差池，全功盡廢。求諸常人，這確是殘忍不過的事。但他們既是非常人，就應接受非常的考驗。

甘地爲印度獨立而獻身，自耕自織，雖非和尚，但形象確也芒鞋破缽。那一天他穿了什麼名牌 Polo shirt 露面，或私情被政敵公開，革命也鬧不成了。我們凡夫俗子對超人的要求，就是這麼不講道理。

芒鞋破缽的生活，說是一種儀式的奉行，也未嘗不可。如非作僞，那是信念的身體力行。人類文化的記錄，就是多樣的儀式經過實踐積聚而成。

六四事件後流落國外的一些年青民運分子（姑從俗稱之），造成了尷尬的形象問題。閱去年（一九九一）十二月號《潮流》鄭言先生文，據稱一九九一年五月普林斯頓大學一個討論會中，會場上「一位明星級的女民運人士懷抱一隻同她一樣嬌媚的小哈巴狗。當時即有人好言相勸，要她『注意自己的形象』。這位女明星則嬌滴滴地回答說：『我和達賴喇嘛都是人，你們不要把我當作神。』」

這裏說的女明星，想是柴玲。這位「玉女」跟「金童」吾爾開希原是北大學生中的活躍分子，想他們絕對沒料到，就這麼振臂一呼，就得像當年變法前輩一樣流亡海外。不過，即使「革命」成功，他們早晚也要回到課室的。他們準會是校園的風頭人物。但風頭再大，我相信「新政府」也不會邀他們入閣。

柴玲要人家別把她當作神，如果傳聞可靠，那她太天眞了。她是電視製造出來的新聞人物。過去一兩年，她還算新聞餘話，往後就難說了。她應了解到，如果她不是還有多少新聞價值，人家也不會點醒她顧全形象。

她代表什麼形象？「……我宣誓，我要用我年輕的生命誓死保衞天安門，保衞共和國，頭可斷、血可流，人民廣場不可丟，我們用生命戰鬥到最後的一個人。」

那是柴玲錄音帶泫然吐出的聲音，雖然事過境遷，但餘音繚繞。

照道理講，彼一時也，此一時也；場地換了，爲什麼不讓她還我學生本來面目？這也是形象不好惹的地方，一旦成了「商標」，不易更改。民運給坦克車粉碎了，但我們對當日在電視鏡頭出現的面孔餘情未了。我們曾把虛怯怯的中國復興的希望像托孤一樣寄放在他們身上。

吾爾開希在波士頓吃龍蝦，亦遭物議。吃龍蝦有什麼不對？你吃我吃沒有什麼不對，他吃就像「食言而肥」，違背革命精神。他的形象該是「橫刀向天笑」的。

德肋撒修女、慈濟大師、甘地奉獻的選擇，是深思熟慮的、自動自發的。「金童玉女」的民運形象，是特殊環境「急凍」出來的，有些身不由主。

可嘆的是，即使今天他們已厭倦這個臨時演員的差事，但民運份子的事業，一旦與他們的活動混為一談時，要退票也來不及了。凡夫俗子為什麼對他們如此苛求？前面已說過了，正因他們代表了超凡入聖的類型。

長江後浪推前，說不定有那麼一天，大陸出現了他們新的一代，到時他們就可以抱哈巴狗、吃龍蝦了。

有機會也別再來一次

珍珠港五十週年紀念，有資格在傳媒懷舊的美國人，起碼也得坐六望七。布希總統在太平洋戰爭時也是大兵，飛機被敵人擊落。但他身爲一國元首，私下可能別有懷抱，公開場合不能不漂亮的說：大家別再算舊帳了。

舊帳的確不好算。而且，最有資格跟日本人算帳的不是美國，而是曾在鐵蹄下呻吟過的國家：中國、韓國和東南亞國家。美國人最意難平的是日人不宣而戰。他們實在不明「兵不厭詐」的金科玉律。

美國人意難平，日本人也不見得服氣。他們認爲，如果不是原子彈作勢，東亞戰區最後鹿死誰手，實難逆料。這想法是否有點一廂情願，不必計較。値得注意的是，一般日本人都有這個共識：美國人的原子彈，只會在有色人種地區使用。換句話說，如果德國當時沒戰敗，杜魯門總統也不忍對歐洲人下毒手的。此說自然是翻開美國人種族歧視舊帳的經驗之談。

那麼，我們倒過來作一假設：中、日同是黃種人，如果當時擁有原子彈的不是美國，而是日本，他們會怎麼做？

揆諸日本人在中國和亞洲戰區種種暴行的紀錄，你想他們會手軟？美國人炸的是廣島和長崎，不是東京和京都，總算留給戰後日本一點復興的命脈。中國人會在哪一地區吃日本人的原子彈？你猜猜好了。

有老美朋友住東京多年，談起種族偏見。他說戰前日本崇拜德國，戰後表面上認輸於美國。現在呢，只崇拜自己。男人找女人喜歡金髮美女，但自己對種族的看法呢，卻比白人還白。比白人還白，一時想不出是甚麼顏色。

十年後如果世界還沒毀於天災人禍，將是珍珠港事件六十週年。有過身歷其境的美國人，碩果僅存。再過十年，卽使還有二三子活下來，主持傳媒機構的美國新人類大概也不會有興趣請老兵舊事重提了。舊帳自然一筆勾銷。

可是日本人迄今對二次大戰的罪行，始終沒有眞心誠意的懺悔過。爲了方便做買賣，他們搞了些小動作。其意義也限於小動作。極右派如石原愼太郎根本不承認有南京大屠殺這回事。這位花花太歲說話不憑良心也還罷了，最令人不解的是以人道思想知名的世界級大導演黑澤明對「原爆」的態度：把過錯一股腦兒推到美國佬身上。

一個傲慢不羈、目空一切的民族，是不會「輸」得心悅誠服的。我們怕的正是「有機會再來一次」的衝動。日本人的教科書一天不願意正視現實，這個陰影一天存在。

可告慰的是，從珍珠港事件取得教訓的，不單是美國人，而是創痕猶深的亞洲諸國。日本的教科書改史，那是愚民教育，最後受害的是自己的子孫。將來他們昧於歷史，不知自己的祖先是戰爭的禍首，還以「受害人」的心態等待報仇的機會，說不定因此輕舉妄動。

五十多年前亞洲諸國還蒙在鼓裏，「皇軍」幾可一舉而得天下。今後日本人再來一次的機會說不定還有，但以前眞正受害人的子孫，再不會輕易讓他們任意宰割的了。

爲了他們子孫的福祉，日本人應該好好的反思一下。向外發展求生存實屬必要，就讓豐田、本田開路好了，別動干戈。

夏志清教授榮休有感

一九九一年五月四日參加了哥大夏志清教授榮休盛會，可記者甚繁，然就我個人來講，最值得懷念的卻是五月五日莊信正兄嫂做東招待那頓餞行午飯。

館子在哥大附近，菜式頗有江浙風味，雖然堂官看來是清一色的老廣。客人到齊後，也沒有分什麼主客位，不過我有幸坐在夏公右邊就是。上菜時，其中一道是紅燒黃魚，志清先生突然心血來潮：在別人還沒機會下箸時，連忙舉筷，暗聲叫「起」，半截魚尾巴已滑入我盤中。

「來！劉紹銘，吃這魚屁股！這是上品！」夏公得意的嚷道。

把魚尾巴說成魚屁股，用詞之險，得未曾有。不過夏公平日言談行狀，每見六朝遺風，識者不怪。

事隔月餘，夏公這句「名言」，猶在耳邊。先生退休了。他三十年來的著作對中國小說研究之貢獻，以宏觀看，無人出其右。他在耶魯當研究生時，新批評學說，如日中天。除親炙本門師友外，更熟讀艾特略、李維斯（F. R. Leavis）、屈靈（Lionel Trilling）、史泰納（George Steiner）和巴爾遜（Jacgues Barzun）等英美大師的作品。當年歐洲結構解構之說未成氣候，以上各家路數，雖各有所本，但究其根底，其對文學藝術的評價，除文字風格的考慮外，引李維斯的話說，應是作品本身的 relevance to life……跟人生有什麼不可玩忽的關係。

要從文學作品討論人生，免不了涉及道德層次等主觀性的問題。新批評之所以「新」，只不過因爲脫離了作家生平、社會背景和歷史因素等「舊」批評的骨架，把注意力集中作品本身，細讀分析而成一家之言而已。新批評家對是非善惡的判斷，一樣當仁不讓。Irving Howe 不算新批評的代表人物，但其行文特色，偶得此派神髓。記得他在論陀思妥也夫斯基小說 *The Possessed* 一文中，把「壞蛋」史格羅夫描爲 the cesspool of a man，相當於中文的「糞蛆」，或衣冠禽獸。

志淸先生對中國小說研究的貢獻和新批評在英美文學批評史的地位，不是三言兩語說得完，亦非我能力所及。自我決定到紐約參加夏公榮休盛會以來，我一直問自己：夏志淸的英文著作，異於凡品者，最顯著的地方爲何？

在回答此問題前，先作交代。在英美漢學界中，享大師級殊榮者，大不乏人。但一來大家門派有別，研究的範圍與方法也大異其趣，成就各領風騷，不能相提並論。這裏說的「凡品」，僅指類似夏氏文評模式應景文章。

夏氏異於凡品者是其文章每見 quotable 的見解或佳句。Quotable 總得有過目難忘之魅力，如「春心莫與花爭發，一寸相思一寸灰」。夏志清寫的是「學院派」英文，照理說，越中規中矩，越枯燥無味。Quotable，如果譯作「有傳誦價值」的話，那麼學院派文章能得類似「唐人小說，小小事情，悽惋欲絕」這種足堪傳誦的句子或段落，殊非易事。

爲了職業的需要，我讀學院派文章，可說無日無之，的確是「苦悶的象徵」。可嘆的是，涉獵雖多，可傳誦者少。個人看來，原因不外是：文字平淡無奇，見解陳陳相因。再不然是夾槓（jargon）連篇，喧賓奪主。

上述三種大忌，很少出現於夏志清的英文著作中。夏氏英文造詣，行家推許。對中國小說的讀法，別闢蹊徑。新批評學派，自有其一套術語，如什麼 objective correlative, intentional fallacy 等等，但經沿用半個世紀，已成約定俗成的詞彙，再無夾槓的滋味。

夏氏文章 quotable，因爲他立論擇善固執，說話絕不含糊，陳義不避重就輕。他是個以文學批評立言的人，自有其深思熟慮的偏見與固執。在他心儀的西方新批評諸子中，最能代表這種「雖千萬人吾往矣」作風的，是李維斯。《偉大的傳統》首頁就出現了不少傳誦一時的句子：「除了簡・奧斯婷、喬治・艾略特、詹姆斯和康納德，英國再無值得一顧的小說家。……」

大概受了李維斯這種有理不讓人的識見影響，夏氏的《現代中國小說史》竟騰出最大的篇幅討論「海派作家」張愛玲的作品。拿當時的風氣來講，此舉堪稱驚世駭俗。但李維斯的話說對了，批評家立言不想招物議，唯一的方法是把自己的意見琢磨得「擲地無聲」(never to commit oneself to any critical judgment that makes an impact)。或乾脆閉起嘴巴。

夏志清古籍鈎沈，亦多新見。《鏡花緣》因有林之洋在女兒鄉被迫纏足「改性」，受盡皮肉之苦，把封建時代男人折磨女人之道，還治其人之身，難怪自胡適以來的學者，都把李汝珍這本小說看作中國女運文獻之先河。夏志清細讀此書後，發覺這種看法，近乎斷章取義。他的結論是：李汝珍的思想還是相當保守，對中國傳統文化，基本上不但沒有質疑，反而因得沐王朝恩澤而沾沾自喜。

人道主義精神是新批評不可或缺的一面。夏志清讀《水滸傳》(他的《中國古典小說》是一九六八年出版的)，好些見解，振聾發聵。君知否被李卓吾冠以「忠義」之名的《水滸》，那些好漢用刑時玩的是那種把戲？且說「反賊」黃文炳被擒，但求速死。

——宋江便問道：「那個兄弟替我下手？」只見黑旋風李逵跳起身來，說道：「我與哥哥動手割這廝。我看他肥胖了，倒好燒吃。」晁蓋道：「說得是。敎取把尖刀來，就討盆炭火來，細細地割這廝，燒來下酒，與我賢弟消這怨氣。」李逵拏起尖刀，看著黃文炳笑道：「你這廝在蔡九知府後堂，且會說黃道黑，撥置害人，無中生有攛掇他。今日你要快死，老爺卻要你慢死！」便把尖刀先從腿上割起，揀好的就當面炭火上炙來下酒。割一塊，炙一塊。……

禮敎吃人是個精神折磨的譬喻，像李逵這些「忠義之輩」吃人，卻是血淋淋的。黃文炳是「反賊」，死得悽慘，在幫派社會規矩看來，也許是罪有應得。但史文恭射殺晁蓋，是因職責所在。結果呢？一樣被梁山好漢處以極刑：破腔剖腹而亡。

《水滸》是故老相傳演變出來的說部，或用孫述宇的話說，是個「強人說給強人聽的故事」。來歷如此，當日的說書人若自己也搞不清眞正英雄本色與虐待狂心理的分別，交代殺人越貨的關節時，要在座的「強人」聽得過癮，故意誇張其事，或可解說是職業的需要。但夏志清也說得對，中國讀者對此書殘酷的細節，與趣歷久不衰，不能不說是在我們這民族中，有不少人對痛苦與殘忍行爲的描述，反應近乎痲木。

夏氏論《水滸》，先於孫隆基的《中國文化的深層結構》和柏楊的《醜陋的中國人》，因此可說他「反思」的精神和對自己文化批判的勇氣，比一般人來得早。

夏志清以中國學者的身分檢討自己文化的道德面貌，佔有一種外國漢學家難以比擬的便宜。如果「家醜」一定要外揚，最有資格講話的還是「自己人」。據我所知，最早指出元雜劇《竇娥寃》封建制度之可怕與「愚孝」之可哀的，是韓南教授（Patrick Hanan，文見 *The Legacy of China*，一九六四年出版）。但他的話，點到爲止。把竇娥父親竇天章結結實實的數落一番，說他是個不顧父女親情、只管自己功名富貴、是個不折不扣狠心而自私自利的傢伙的是夏志清教授。

在種族問題變得越來越敏感的今天，如果韓南像夏志清那麼不留餘地的「批判」中國文化的陰暗面，難逃「種族豬玀」的譴責。

夏公英文著作，足以傳誦者，除前面說過的因素外，還有這可貴的一點：自淸門戶的勇氣。

諾貝爾情意結

中國人在科學的領域裏已得過諾貝爾獎，今後在物理、化學或醫學這些學術範疇內，再度奪魁，也不稀奇。我們最耿耿於懷的，大概是文學獎一直落空。眞的，世界上與我們歷史相當的文明古國，如印度、如埃及，總算如願以償了——如果他們的政府與人民，都像我們一樣的很在乎這個獎的「形象意義」的話。

瑞典皇家學院院士馬悅然這麼說過：「中國文學之所以未受外人重視，主要原因是翻譯的缺乏。」（引文出自葉剛〈中國的女婿：訪漢學家馬悅然教授〉，《中國時報》，一九八九年十一月十日。）這話當然有理。如果魯迅、茅盾和沈從文等三十年代作家，主要的作品早有上乘的翻譯，說不定在他們有生之年就得到國際性的大獎了。魯迅的創作不多，但雜文也是文學，加上他在當時文壇的特殊地位，如果他獲獎，也敎人心服。

三、四十年代的代表作家，多已老謝凋零。碩果猶存的，即使作品站得住脚，到翻譯界把他們的文字輪迴轉生得七七八八時，可能已先走一步了。

諾貝爾獎既無追封古人的前例，祭起李白、杜甫、曹雪芹的亡魂以說當年勇，也屬徒然。要在這方面跟印度和埃及平起平坐，只好寄望來玆。

就我個人來講，中國作家一直與此殊榮絕緣，誠屬憾事。但反過來講，如果我們抱著人有我有、分一杯羹的心情去「造勢」，務求「花落吾家」，這大可不必。諾貝爾自設文學獎以來，遺珠之憾已不知發生過多少次。該拿的未拿到，而卑之無甚高論者卻奪了標。美國識者，談到自己的文學，免不了要提到福克納或海明威，但有誰還愛說賽珍珠的掌故？

馬悅然說中國文學之所以未受外人重視，主要是翻譯缺乏。也許是客氣，他的話只說了一半。若他所指的中國文學包括近三四十年的表現，那麼他還應補充一句：除了多做翻譯工作外，還有作品本身的水準也得注意。

這二三十年來成名的作家中，如果不用透過翻譯媒介作線人的話，誰夠得上諾貝爾應有的水準？這無疑是個公婆說法，各自有理，不擬在此惹是非。

我個人覺得葉剛的訪問中，馬悅然說得最有見地的話，是下面幾句：

「十月廿四日在新聞局爲他舉辦的座談會上，有人問馬悅然：外國人喜歡讀哪一類的文學？『我們喜歡讀好的文學作品』，馬悅然回答說。」

發問者問得莫名其妙。馬悅然答話，看似外交詞令，其實是再老實不過。好作品從來就難下定義。批評家永遠是天才作家的應聲蟲。書上本來沒有什麼先知可以對作家面授機宜，如此如此，便可名垂千古。天才出現後，把批評家自以爲是的一些假定繩規一一化解於無形，論者乃不得不把他的作品再三把玩，細究玄機，然後再煞有介事的訂下些金科玉律來。到另一天才出現，取得空前的成就，於是批評界又再來一次破舊立新。

「我們喜歡讀到好的文學作品」，放諸四海而皆準，雖然我們知道給「好作品」下界說，智者不爲。

馬悅然下面的意見，更見中肯：「中國作家不必太在乎外國人的觀點，也不必太在乎外國文學的流派發展，應該多注意自己的文學體質和風格。『自從馬奎斯獲得諾貝爾文學獎之後，大陸上許多年輕作家開始一窩蜂地模仿拉丁美洲的文學風格和技巧；殊不知馬奎斯的作品有其拉丁美洲的風格，硬移植到中國簡直不適合——中國的年輕作家爲什麼不能創造出自己的風格和技法？』」

如果說話人不是馬悅然，而是自己同胞，我相信這種意見的說服力就會打折扣。

其實，以此善言相勸者，馬悅然不是第一人。英國翻譯家詹納（W. J. F. Jenner）教授早幾年前就苦口婆心勸過我國作家：別理會世界文學的風向球怎樣，寫自己相信的、熟悉的和不吐不快的。

詹納的文章原載香港中文大學出版的《譯叢》。修訂稿現集結於葛浩文（Howard Goldblatt）編的*Worlds Apart: Recent Chinese Writing and Its Audience*（一九九〇年）。此文談到翻譯、中國現代文學在國際的市場和他個人對新文學運動以來大陸作品的總評價，極有參考價値，望有心人他日翻譯出來。他文章的題目是：Insuperable Barriers? Some Thoughts on the Reception of Chinese Writing in English Translation（無可超越的鴻溝？有關外界對英譯中國文學看法之聯想）。

綜合詹納和馬悅然的意見，我們可以這麼說：東施效顰，還是裝不出西施本人的神態來。再說，作品經過翻譯，文采、風格和感性，即使幾可亂西方文學的「眞」，但人家自有土產可觀，何必看「進口」贋品？

行政院文建會訂下了方案，大力資助「中書外譯」的計劃。除傳統文學外，還包括了現代文學，只是可能囿於「國策」，所謂現代文學作品的界說，「以在臺灣地區出版者爲限」。用意明顯不過，摒大陸作家於門外，雖然如果以訟師的觀點看，這句話有「語病」。自解嚴以來，那一個近十年來在大陸崛起的、有名有姓作家的作品沒有在臺灣出版過？而且，以目前形勢看，中共若再執迷不悟，對知識分子和作家繼續趕盡殺絕，大陸作家的作品將來可能先有「臺灣版」。

名氣大的，也許先壓著原稿不發表，先出「翻譯版」。

話說遠了。我個人覺得，文建會把現代文學「以在臺灣地區出版者爲限」這條規定，有點故步自封。大陸自「十年動亂」結束後，對臺灣統戰不遺餘力，有目共睹。他們更以千軍萬馬的人力物力來「研究」臺灣文學，已經出了不知多少論文和選集。

「統戰」這回事，何必讓中共一手包辦？國府何不在這方面「以牙還牙」？資助中國現代文學之翻譯，何不一視同仁？

大陸年輕一代的作品，呻吟於極權政府之下，已經不幸，我們何必雪上加霜？

再說，制度與政權雖然有別，大陸作家還不是自己同胞？「他們」的作家若通過了文建會資助的翻譯才拿到了諾貝爾獎，我們更有理由去「貓」他們所在地的政府，因爲那個天厭之的政權，成事不足，敗事有餘，確是他們光輝燦爛的傳統。

《黃禍》中的洋禍水

一九九一年四月號《聯合文學》的特別推薦小說，題目已夠觸目驚心：《黃禍》。據何頻的介紹，這本長達五十萬字的「政治幻想小說」，是以六四天安門事件爲推想架構，預測「中國將是世界毀滅的開端」。

節錄刊出的片段，雖不到十萬字，但單看何頻的內容簡介，可知這長篇小說是大陸作家取材上一大突破。何頻說得好，「身居大陸的作家多是不敢寫政治幻想小說的，寫陳年舊事都要小心翼翼，怎敢政治幻想？」

《黃禍》確是個例外。由於全書尚未過目，下面引文若干段落，只好採錄何頻的內容簡介。

在位的中共中央總書記，爲了爭取西方國家的經濟支持，不得不爲六四屠城事件翻案。除此以外，黨中央還把黑龍江租讓給日本以抵償債務。

但以王鋒爲首的軍方勢力和中央強硬派，早已對社會動亂和政府無能不滿，借用外國殺手暗殺了總書記，全面接管政權，使中國更法西斯化。

東南沿海各省，由於經濟相當自由發達，爲了維護既得利益，宣告實行「一國多制」，脫離北京獨立。北京揮兵南下，於是南北戰爭爆發。

王鋒手下有一張深藏不露的王牌：一艘在絕密狀態下製成的新型導彈潛艇。艇長是在美受訓的丁大海，直接聽從王鋒個人指揮。艇上配備了四十枚核彈頭。

內戰一發不可收拾。南方節節敗退。在福州將破前夕，福建省副省長黃士可聽從了臺灣女特工百靈的建議，向臺灣求援。臺灣軍隊迅即登陸，扭轉形勢，內地各省紛紛響應。

在生死關頭間，王鋒獲得黨內各頭頭支持，發射核彈摧毀臺北。

臺灣爲了報復，高價購買核子武器，並派突擊隊搶占大陸核武基地。南軍指揮官李克明不忍北京毀滅，在最後一刻打死了他深愛的百靈。但不幸的是，未能及時阻止兩枚偏航的導彈打到蘇聯境內。中國內戰眼看到了核武同歸於盡的邊緣。

爲了保證國際和平與安全，美蘇在聯合國的名義下一舉摧毀了中共的全部核子武器與工業。

一位名叫石戈的智囊人物，這時被美蘇兩國推爲中國政府首領。石戈深知大勢已去，把搶救中國十二億人口的生命列爲當務之急。在他的策畫下，人類歷史上最龐大的民族大遷徙的行動出現了：數億中國難民從幾千里的中蘇邊境突入西伯利亞，沿古絲綢之路，進入歐洲，千千萬萬船隻橫跨大洋駛向北美和澳洲……。

美蘇衝突升級之際，充滿了復仇意志的丁大海將十枚核子彈頭打向美國，使美國誤認來自蘇聯，於是立刻反擊，全球核子大戰於是爆發，帶來了核子冬天，農作物絕收。

《黃禍》之恐怖，雖未窺全豹，就此可見一般。何頻的按語有謂：「這部小說的作者不知是通過收聽美國之音、ＢＢＣ、自由中國之聲的廣播獲得信息，抑或是通過其他特殊途徑取得資料，總之，他對海外民運的動態瞭如指掌。況且，他對社會發展的各種思潮，中共和各主要國家的政治結構、經濟狀況、軍事實力頗有研究。」

何頻看了五十萬字的原稿，應有資格作此判斷。其文藝價值如何，現在無由置喙，但光看以上採自簡介的簡介，可知此書素材刺激，比起拍成電影的美國暢銷小說《紅色十月》(*Red October*)，過之無不及。

但以小說論小說，就我看過的節錄部分而言，若干細節，值得商榷。

核艇艇長丁大海，我們知道，是美國軍校培養出來的人，「他太知道美國了，知道得一清二楚」，雖然「他恨美國，恨到刻骨銘心。」

爲什麼？自然因爲自己的膚色和行動衣著土裏土氣，受盡洋氣。他因此不再和美國人來往，把全部精神放在學業與書本上。同學視之爲怪人，封他「中國錫兵」的諢號。

《黃禍》的作者有關專業的常識可能相當豐富，對中國國情亦相當熟悉，但筆觸一涉及域外風土人情，就犯了想入非非的毛病。且看「中國錫兵」這段豔遇：

直到有一天，學院圖書館那個叫貝茜的姑娘闖進他的宿舍，説天天在圖書館見面卻不被他理睬，是多麼遺憾。貝茜的衣服很快脫光了。他說不出一句話，隨貝茜擺布，最後像一頭瘋狂的公牛把貝茜掀到床上。那天晚上，他第一次感到那麼輕鬆。他決意不再當錫兵，要成為美國人的朋友，學會一切他不會的東西。

誰料所謂春風一度後，這位上門投懷送抱的洋妞竟成陌路人。

不久眞相大白。一個平日看不起有色人種的大個子同學，在課堂上的模擬潛艇戰中輸了給中國錫兵後，憤憤不平的說：「你的那玩意兒怎麼不像你的魚雷那麼好使？」

怕他聽不懂，大個子接著惡毒的咧開大嘴說：「貝茜跟人家打賭，要試試『中國錫兵』有沒有那玩意兒。昨晚她在我床上說你是瓶汽水，一開蓋——碰！只一下子就沒氣了，哈哈哈哈！……」

這段「豔遇」的描寫，出現了若干因不諳美國「國情」而出現的差錯。美國一般大學的學生宿舍，都是雙人房的。丁大海住的如果是軍校，亦應如此。貝茜姑娘因此不大可能一闖進他宿舍就寬衣解帶。再說，美國大學宿舍儘管自由化到容許異性訪客隨時登堂入室，軍校學生是否有此特權，亦是處理細節時得考慮到的一個因素。

另外一個相似的問題是貝茜的行狀有點匪夷所思。這妮子是色情狂，可從大個子奚落丁大海時說的話猜想得到。色情狂如非種族歧視，找露水姻緣對象，是不問張三李四的。貝茜「看上」丁大海，以動物本能的層次來說，急不擇食，不足爲怪。

但以大個子的「供詞」看，她與丁大海苟合的動機是「好奇心」。她「跟人家打賭，要試試『中國錫兵』有沒有那玩意兒。」

這不足取信。丁大海是「怪人」，引起人家對他的好奇心，亦常理耳。但除非貝茜本人怪得可以，怎會對一個身世悠悠的異族身上「有沒有那玩意兒」發生這麼大的興趣？

好吧，既然這世界已到荒謬絕倫的地步，我們就接受她有這種好奇心的假設吧。但要「試試」人家有沒有那玩意兒，應該不費吹灰之力，就可立竿見影，不必劍及履及，以身作則的去實驗求證。

如果《黃禍》作者的用意是以丁大海這一段不幸的經驗來建立他仇美的遠因，不妨根據原來的構想，收場另作安排。譬如說，丁大海「像一頭瘋狂的公牛把貝茜掀倒在床上」時，小姐大呼救命，誣告中國錫兵強姦，讓他坐冤獄。

這一節的故事是以丁大海幹掉了大個子結尾的。「全法庭的人都恨他。他並不申辯，連大個子侮辱他的原話，也不覆述。他不對抗法庭，無動於衷地接受判決，和他的仇恨相比，法庭太小了，他恨的是整個美國。」

作者沒有說明法官給他的是什麼判決，不過既然他後來當了導彈潛艇的指揮官，看來不是無期徒刑就是。

《聖經・啓示錄》預言世界末日的場景，只要核戰一爆發，就應驗了。海灣戰事終結後，消息傳來，證明伊拉克雖無核武設備，但化學和生化等武器，應有盡有。海珊總統也恨透了美國，但還是不敢動用，怕的就是美國的核彈報復。據「末日學」專家的估計，超級大國間的核戰，除非在某方出現了像 Dr. Strangelove 這類瘋子，先發制人開了火；除非機器出了「故障」；除非白宮克宮之間的熱線，在交換情報時出了人爲的錯誤（如翻譯詞不達意等），否則不大可能發生。

如果《黃禍》一書將來有翻譯本問世，正因丁大海衝冠一怒，將十枚核彈射向美國洩憤，讀者對此人的身世背景一定感到興趣。如果知道他在美國坐過冤獄，當會明白事出有因。但如果他僅爲被好事者譏笑是「一瓶汽水，一開蓋──碰！只一下子就沒氣了」，那除了把他視作瘋子外，別無解釋。

瘋子當了核艇指揮官，眞是「黃禍」根源，大家難逃劫數。希望「黃禍」緣起於幻想，也滅於幻想。也希望除了丁大海外，中共軍政頭頭中，再沒有其他「開汽水」的銀樣蠟槍頭，否則世界和平就受到威脅。

一九八五年以來，大陸小說家成就非凡，有目共睹。中國作家紀事，只要範圍限於吾土吾民，只要忠於良心，勤於觀察，不難信而有徵。但一涉及異國情調，就容易出紕漏。王蒙如是（見〈相見時難〉）、蔣子龍如是（〈過海日記〉）。可見對一國家的國情與民心的了解，不是光靠看參考書、聽BBC電臺，或做遊客時走馬看花就能達到的。

如果《黃禍》不是幻想小說，而貝茜確有其人其事，此妞確是洋禍水。一念之差，害了一個「決意不再當錫兵，要成爲美國人的朋友」的中國軍人走火入魔。看來美國女孩子爲了國家前途，端的要痛改前非。對中國和中國人有好奇心，是好事，只要正襟危坐上堂聽課就成。

一語兩制

劉若愚教授生前著作極豐，因是學術論文，鮮及身邊瑣事，只有一個例外。他在一九八二年出版的 *The Interlingual Critic* 的導言中，以風趣幽默的筆墨追述在北京求學的日子和在英國唸研究院的經過。他也提到離開英國後，輾轉由香港赴美國任教那一段行腳。

英文和「美文」雖是同一語言，但用字習慣和拼法總有多少出入，更不用說發音了。既在美國謀生，當然得守地主的家規，因此劉若愚雖然習慣把顏色拼作 colour，名譽寫成 honour，書若要在美國出版，不能不從善如流，分別改爲 color 和 honor。入鄉問俗也是求個方便。英國人旅遊美國，在機場要打長途電話，身上沒有銅板和信用咭，拜託接線生說要對方付錢時，不好說 reverse the call，否則人家一定抱歉說：「對不起，請說英文吧，我聽不懂。」

同樣，美國佬到了英國，要打 collect call，英國人也不一定聽得懂。

劉若愚英文功夫到家，這一類的技術修正，自然不費吹灰之力。值得注意的倒是他對某些美國出版人「崇洋媚外」的批評。好的，我劉若愚的英文著作你要我轉顏換色，爲什麼英國作家交給你的書稿，顏色和名譽的拼法，可以原封不動？

這是不是事實？劉若愚沒有誇張，我最近看到英國學者 Bernard Harrison 寫的 *Inconvenient Fictions: Literature and the Limits of Theory*，去年由耶魯大學出版，書內的常用語和單字的拼法，巍巍然有大英帝國風味。

美國作家的著作，拿到英國找出版商，在文字方面敢不敢偷工減料？我看如不要打回票，還是循規蹈矩上算。不然編輯部的娘爺們必有反應：「何物不辨『顏色』、不顧『名譽』的渾小子，在外頭作孽還不夠，竟敢到祖家來撒野！」

劉若愚對美國出版界這種厚此薄彼的現象，只覺得好玩，並沒有生氣。我想他雖然中英文造詣不分伯仲，私底下總明白英文不是他的母語。既不是祖宗遺產，外族對顏色異同的爭執，與自己無關。我到府上作客，你要我守清規，樂得遵命。

但劉若愚若姓蕭，你卻強迫他改姓肖，他準會認爲這是辱及先人，毫無斟酌的餘地。從劉教授導言所提出的問題，觸類旁通，我想到不少與寫作有關的事。

英文的確是先天大男人主義的文字。像「一個人即使擁有世界，但失去他的靈魂」這句子，中文說來，「政治意識」非常正確，因爲一來「人」是泛稱，不分男女。二來如果此語源出中文，「失去靈魂」就夠了，不必畫蛇添足加上「他的」這麼囉嗦。但用英文成句，省不了 man 和 his 這兩字。

爲了趕上潮流，一般的「應變辦法」是把 man 改作 person，把「他的」增訂爲「他的或她的」。問題是一篇文章若 his or her 或 his/her 層出不窮的話，讀來詰屈聱牙，乃文體家一大忌。

怎生是好？我最近看到兩個「各走極端」的趨勢。凡是遇到泛指「人的」例子（如前述），人稱代名詞的所有格，通篇不是用 his，就用 her。當然，作者早有聲明，指出在這種泛稱情形下，「他」或「她」都屬中性，陰陽同體。

要是談到的人物性別分明，當作別論。約翰的太太，是「他的」太太。瑪麗的新衣，是「她的」新衣。講時髦也得有個分寸，不然讀者會產生錯覺。說約翰的太太是「她的」太太，令人難免想入非非。

愛厚古薄今的人老說白話文鄙俗不堪。其實，他們或她們有所不知，最少在口語方面，白話文美得很呢。你說吧，他、她、它、牠，和祂讀來不分彼此，可愛吧？世間文字，模棱得可以讓沙豬逍遙法外的，大概只此一家了。

這種文字，值得老外用心學習，只要不好高騖遠，不引經據典唬人，在言談中套上「婦人之見」、「婦人之仁」，或「婦孺皆知」諸如此類的成語，日後必成大器。

乙　輯

文學的輓歌

此文所錄有關文學前途的各種聳耳危言，因資料採自美國的出版物，因此「災區」只限原產地。不過由於要提到的各種現象，看來並不孤立，對我國讀者應有觸類旁通的價值。

文學鬧不景氣，由來已久。判其氣色命若游絲的文章，六十年代開始陸續出現。其中最令人側目者首推菲德勒（Leslie Fiedler）題名 *What Was Literature?* 的文集。英文動詞的過去式不好翻，姑譯作《那種從前叫文學的是什麼東西？》文學既成「過去式」，那麼談文說藝的作者也該作「古人」了。菲德勒絕不含糊，以身作則，在此集第一篇文章就先自殞滅：Who Was Leslie A. Fiedler? 也就是：「那個從前叫 Leslie A. Fiedler 的是什麼傢伙？」

細心的讀者諒已察覺到，他印在《那種從前叫文學的是什麼東西？》書上的名字，姓和名中間沒有A這個字母。這也表示他「覺今是而昨非」的劃分界線態度。劃分什麼界線？簡單的說，那種專供學院派清玩的「孤芳」文學，老子再也不幹了。什麼是孤芳文學？諸如亨利・詹姆斯的後期作品，就說《奉使記》吧。他引了馬克・吐溫傳聞說過的話：「我寧願墮入約翰・班揚《天路歷程》的天堂，也不要看他的東西！」

馬克・吐溫說的是反話，因爲虔誠敎徒的天堂，住客儘是道姑貞人，語言無味，不知情趣。

那麼菲德勒認可什麼呢？通俗文學，如《飄》(*Gone With the Wind*) 這類作品。由此觀之，他並不是把所有文學作品視作史前遺物。

菲德勒在美國學術界素有老頑童之譽，爲人放誕不羈，他的話雖離經叛道，大家也不見怪。

問文學是什麼東西已煞盡了風景，不留餘地的宣佈《文學的死亡》(*The Death of Literature*，耶魯大學，一九九〇)，眞有點趕盡殺絕的恐怖。作者克恩南 (Alvin Kernan) 是普林斯頓大學講座敎授，現已退休。

文學當然沒有死，苟延殘喘倒是事實。大致說來，克恩南用了「外憂」和「內患」兩個角度去分析文學面對的危機。所謂內患，就是因爲若干六十年代興起的批評學派，二三十年來不斷「解構」西方文學傳統的經典之作，「謀殺作家」（意指作品僅是語碼的組合，作者是誰無關宏旨）。作品文字本身既看作模稜，意念也形飄忽，更無所謂「中心思想」。道德裁判得依實證論爲據點，今既爲相對論取代，也就無是非善惡可言。克恩南的論調因此與寫《閉塞的心靈》知名的芝加哥大學教授布魯姆（Allan Bloom）相似：尼采陰魂不散，美國學界虛無思想泛濫成災。

無政府主義是虛無思想的孿生兄弟。反權威、敵視約定俗成的秩序蔚爲時尚。藝術品有時淪爲褻瀆的工具。Robert Mapplethorpe 拍的照片，其中有一幀石破天驚：一個黑人在白人口中尿尿。另一個攝影家，Andres Serrano 拍的一張照片，與此也不相伯仲：他把代表耶穌的十字架泡在自己液體排洩物中。

文學與攝影是兩回事，但同屬藝術的範疇，藝術的大氣候如何，從上面例子可見一斑。新派文評家的作爲沒有焚國旗、毀聖像這麼極端，但據克恩南看，他們在職業上「自絕於國人」的傾向，相當明顯。克恩南的話也夠刻薄。他認爲今天的文學批評之所以越來越玄似天書，是有其客觀因素的。設在大學的專門科目如醫、理、法、工、農，其社會價值早有定論，不需別人肯定。既屬專門科目，自有一套言之成理，但門外漢難以消化的行話。我們聽不懂，只好怪自己無知。他們的行業對社會的貢獻毋庸置疑。

文評家是文學的解人，可惜文學的功用不像上述行業那麼有目共覩。今天在美國專業研究文學的多半是大學的受薪階級。歷史早已歸類成社會科學的一門，但文學不是。文學和哲學的地位一樣，屬於人文「學科」，掛不上「科學」的鈎。跟校內的科學家同事聊天，如果還解說文學追求眞、善、美呀、淨化人類心靈呀這種老掉大牙的話，有失專家身份。

文學研究既然是專門學問，老生常談是大忌，應有像醫生或工程師那種別人不知就裏的行話。拉丁文在這方面很派用場。奇形怪狀的數學符號有時也管用。行文於是夾槓連篇，文學批評也因此儼然升格爲科學。

孤芳作品拒人千里；孤芳文評顧影自憐。二者相襯，應是紅花綠葉，奈何曲高和寡，從者日見蕭條。

「除了在大學的文學系外，」克恩南說：「嚴肅文學作品因此與外界絕緣。」

解構者直陳文字的色空假象，以斷作品存在的根基；婦運學者(其中不少是男士)讀經典，最熱中的莫過於檢舉沙豬；新左派看書，眼睛只在意識形態上打轉。西方文學四面楚歌，難怪克恩南感慨系之的說：從未看過一個行業，在埋葬自己衣食父母的行動上，表現得這麼積極。

內患已簡單交待過了，現在請說克恩南所言的外憂。外憂是客觀條件的影響，諸如生活態度與價值觀念的改變、資訊傳播與消閒方式因日新月異的科技發展而作出的種種修正。這些都是我們耳熟能詳的事。這裏不妨打岔舉個適合國情的例子。在電視未普遍，中國大陸還處於鎖國的時代，《人民文學》在別無選擇的情況中，成了既是嚴肅、也是消閒的讀物。今天夠瞧的熱鬧多的是，不一定要看文學。

電視、電腦的用途越普及，「有詩爲證」或「有書爲證」這種話，越站不住腳。「不出版、就完蛋」這句話，一度在美國大學教授圈子中引爲名訓。最近開始有例外。據克恩南引的一九八九年七月九日《紐約時報》一篇報導說，哈佛大學醫學院居然鼓勵門下教授「惜墨如金」，如非有什麼突破，不必趕潮流，爲了出版而出版。

爲什麼有此「反動」建議？說來也簡單，出版的文獻越多，要在其中找一兩篇有用的，就像沙裏淘金。再說，科學的訊息一下子就過了時。一個新的見解如果依賴定期刊物發表，見報時已明日黃花。在科技領域而言，今天靠電話線互通訊息的電腦，事實上已取代了傳統的「印刷文字」。

「有書爲證」因此是古老的傳說。

文學不是科技，但由於市場供銷的運作起了變化，作品本身也會質變。克恩南舉了幾年前《時代周刊》和華納公司合併後引發的出版界「革命」爲例。先假設《時代周刊》旗下的出版社爲時代公司。這公司出版了一本叫《一家親》的小說，精裝本。旗下的「每月書會」

選了作推介作品。《時代周刊》書評欄吹捧一番後，卽由華納公司同時出普及本和電影。電影放映過後，《一家親》的電視連續劇也上市了。

出版一本小說旣有這麼密切的商業連鎖關係，不難想像時代公司編輯選稿的標準。其實，把電影視爲小說副產品這種運作，已算保守的了。市面不少流行讀物，是因電影叫座「後設」出來的。

今天除了退了休的老先生、老太太，實在已無「有閒階級」。上班族忙裏偷閒，要看書增長新知，也會找比較實用的。或是可以慰藉心靈的，與宗教層次有關的書。

菲德勒捨孤芳而逐通俗文學，大概他認爲後者氣數未盡。事實是否如此，亦難逆料。通俗小說是接觸不到電視機時的代用品。除了在機場或機上，今天在別的場合不易看到埋頭苦讀的書痴。他們看什麼書？想是《機場》吧。

美國四年制大學約有一千六百間。二年制的學院也近此數。上面說過，孤芳作品和解構文評這種玩藝，只有在大學的象牙塔中才可以供奉。照道理說，這類出版物，如果不是開天索價，四年制的大學圖書館還是會買的。問題是主修文科的學生日漸減少，殘喘還能苟延多久？

克恩南悲觀得很。美國大學生近二十年來的文字表達能力，已漸式微到半文盲的階段。

傳統的補救辦法，是規定他們到英文系辦的補習班去接受寫作訓練。但這種規定爲時勢所迫，作了修正。現在不少學生只消選些傳播系開辦的「溝通」課就可過關。那些課呢？克恩南引了兩個例子，一個是：Hello, Then What? 說完哈囉開場白後，又該怎麼辦了？或者：又該說些什麼話了？

這種課是不必用什麼文學作品做教材的。既不必接觸苦悶象徵詹姆斯，連海明威是誰也不必管。「哈囉，你是致富大學畢業的呀？可怪呢，我弟弟也是！」能夠這麼跟陌生人溝通，打開話匣子，以後的事就好辦了。

文學會不會有起死回生的一天？依克恩南看，沉疴已久，回天乏術了。社會越繁榮、商業越發達、科技越進步、制度越民主，對文學的需求越少。「外憂」已銳不可擋，更不幸出現了「內奸」自挖牆腳，七寶樓臺，危危欲墜。要文學再受重視，除非美國社會退化到赫胥黎《美麗的新世界》，那兒碩果僅存的文學作品只有一本莎劇。或者時光倒流到中世紀，那時可讀的書，除了聖經，大概就是老皇曆，難怪稍通文墨的人對上帝的語言都可背誦如流。

美國國會圖書館每天收到的新書和刊物共三萬一千多册。這是一天的數字。裏面有多少屬於文學類我們不知道，就說千分之一吧，已夠可觀的了。書海茫茫，摸不到岸，就會淹死。這是所謂資訊爆炸在美國做成的吊詭：書出得越多，讀書人越徬徨。那有這麼多時間去鑑辨劣幣良幣？

據 Norman Podhoretz 所載，詩人洛厄爾（Robert Lowell，一九一七—七七）生平雖也熱心過政治，但以他觀察，除非先通過詩的過濾，否則什麼現實在洛厄爾看來都不算眞的。有一次兩人聊天，他對奧登（W. H. Auden）的詩作有微詞，洛厄爾一本正經的辯護說：「可是，如果不是看了他的詩作，我們對第二次世界大戰就一無所知了，是不是？」

洛厄爾所指的奧登的詩，題爲〈一九三九年九月一日〉。

換句話說，如果洛厄爾看的只是報紙，沒有這首詩提出佐證，他也許不會信以爲眞。

洛厄爾是難得的痴人，才有這種古典的信仰：相信詩境比紅塵萬象來得眞實。不過我們可別忘記，這是好幾十年前的事了。那時候還有知音人。今天的歌者，其音被「解」得斷斷續續、方向莫辨。曲調既不知所云，周郎只好知難退席。餘音亦成尾聲了。

話說拿破侖

李克曼（Pierre Ryckmans）是他本名。西蒙・雷（Simon Leys）是他的筆名。以這筆名發表的，最爲中國讀者熟悉的著作，想是拆穿中共政權種種神話的《中國的陰影》。他還是有數的藝術史家。

想不到的是他還用母語法文寫了小說，*La Mort de Napoleon*（《拿破侖之死》），一九八六年在巴黎出版。《泰晤士報》文藝版的書評頌之曰：「這是自 Robbe-Grillet 出版《橡皮擦》以來最有瞄頭的處女作。」（按：《橡皮擦》原名 *Les Gommes*，一九五三年出版。）

有什麼瞄頭？幸好李克曼與 Patricia Clancy 女士合作譯成英文，一九九一年在英國出版，否則難以奉告。《泰晤士報》那位書評人說，歪詩人可以瞞騙讀者一個時期，但蹩腳的小說家一下子就原形畢露。因爲你只要看一段文字，就可知作者功夫到不到家。他引了小說的首段：

——因為他模樣長得有幾分似皇帝，Hermann-Augustus Stoeffer 船上的水手就給他取了諢號：拿破侖。所以，為了方便，我們就這麼稱呼他吧。

——而且，事實上他正是拿破侖。

書評人說，短短的幾句話，就出現了一個皇帝和兩個拿破侖，這種本領，不是在寫作班子上學得來的。他說李克曼步伐穩健，在一百多頁內鮮見失足，「確是句句可讀，場場可觀，令人神往。爲了一種奇妙的理由，我們急於知道下回有什麼分教。」

理由爲什麼是「奇妙」的呢？書評人馬上解釋道：「因爲在我看來，拿破侖是歷史上最悶得可以的人物。看了《拿破侖之死》後，我想找到原因了：因爲他除了爲衆所知的公開面目外，我們一點也不了解他。」

這位書評人獨具慧眼，一語道破李克曼經營本意。

拿破侖一世一代天驕，一八〇七年與俄國沙皇訂立提爾西特（Tilsit）條約後，組成「大陸體系」，使歐洲版圖頓時改觀。這種「豐功偉業」，史有明文，既屬拿破侖「公開」的一面，李克曼因此隻字不提。

據史書所載，拿破侖於滑鐵盧一役慘敗後，流放到英國孤島聖海倫那上。在那兒前後過了六年看海的日子，終於一八二一年五月五日死於癌病。

在構想方面，本書可說是詩人 Paul Valery 對拿破侖評價戲劇性的引伸：「拿破侖頭腦出類拔萃，卻對雞毛蒜皮的事熱衷異常，眞是可惜。他感興趣的儘是皇朝帝業、歷代滄桑、隆隆的炮聲和紛擾的人事。他迷信榮耀、世世代代的勳業，迷信凱撒。板蕩中的國家或諸如此類雞零狗碎的事情都吸引他的注意。……他爲什麼看不到，眞正有意義的事情，跟這些風馬牛不相及呢？」

李克曼撇開歷史，根據軼事傳聞，創造一個倉皇辭廟、英雄落難的小說人物來。話說拿破侖並非死於癌病，也沒有在聖海倫那島安分守己當囚犯。他溜了。他的舊部有一名忠心耿耿的中士，頗有帝皇之相，因利乘便作了他的替身。

他要逃到那裏去？原來拿破侖以前也吃過敗仗，也有過流落荒島的前例，但最後均能死裏逃生。這也就是說，不但他自己，敗軍中的一些「保皇黨」也一樣希望找個機會幫他復辟。給這計畫訂下大計的是個埋名隱姓的年青數學家，參與其事的人數上萬。但爲了保密，這個龐大的組織不明言行事目標，會員也不相往來，只根據各人已分派了的任務行動。

如果節外不生枝，數學家的精密佈署可能一一實現。但人算果不如天算。首先，他患了腦熱病，英年早逝。計畫雖然繼續進行，但一下子出了差錯，就無法調整了。

按計畫，拿破侖的船一到法國西南部商港波爾多後，他應該上岸在碼頭上與一長小鬍子的漢子聯絡。「其人戴灰色大禮帽，坐在桶子上，一手執收好的雨傘，另一手拿着 *Financial Herald* 報紙。」

此線人就是要扶助拿破侖恢復帝業的關鍵人物。

誰料陰差陽錯，船臨時改道，不停波爾多，轉舵駛去比利時。這可把他搞慘了，但他仍抱一線希望：策劃此事的首腦人物會不會因此變故另作安排呢？

且表拿破侖在比利時沒有碰到任何線人，口袋裏的錢，不過是當水手賺來的微薄工資，在客店過夜也得一毫一分的計算。客店有給住客作旅遊的安排。參觀什麼地方？滑鐵盧。他參加了，但只付交通費用，午餐用舊報紙夾了兩個麵包解決。

參觀的地方有一露天咖啡館，牆上貼了告示曰：「拿破侖大戰前夕在此渡一宵，歡迎參觀他的睡房。」

這地方他從未到過。

到了比法邊界，他因忘了付旅館房錢，被關員扣押了一夜。幸好其中一名中士，雖非線人，卻認出他的面目，半跪在地上吻他的手，衝動的叫道：「陛下，你終於回來了！」

他引導他安全到了法境，臨別時還把在巴黎好友杜魯梳少尉的地址告訴他，說用得着的話就找他，因爲杜魯梳對舊主一直忠貞不移。

拿破侖到了巴黎，看不到任何線人，盤資已盡，吃飯與住宿都成問題，他只好找到杜魯梳家裏來。眞是禍不單行。先是船隻改道，使線人全失去聯絡。現在打算投靠區區一名少尉，想不到杜魯梳卻先走一步，留下諢名鴕鳥的寡婦靠賣水果渡日。

拿破侖明知寡婦人家饔粥不繼，還是厚着臉住下分一杯羹。全書最精彩的段落，由此展開。

不錯，有關落難英雄的描寫，書一開始就見筆墨。他是化名尤金・李諾曼在船上幹粗活的。此時的拿破侖已入中年，頭開始禿了，身體臃腫，挺着肚子，衣衫襤褸，形容猥瑣。他面貌雖「酷似」拿破侖，卻不是船長和水手記憶中的法國皇帝。這可把他害苦了。拿破侖是船長崇拜的英雄偶像，而這名叫尤金的老叫化卻被船上小厮開玩笑的拿破侖前、拿破侖後的呼來喚去。船長一氣之下，指派他做船上最粗賤的工作。爲了不想小不忍亂大謀，他都忍下去了。

船上僅有黑人厨子對他友善。他也不知對方是否線人，但有恩必報，趁着替船主整理房間的機會，偸了兩支雪茄送給患難之交。

依小說紋理看，拿破侖的墮落，由此開始。落難、受奚落、折磨，不是恥辱，但以九五之尊的身分而幹偷鷄摸狗的勾當，雖說形勢比人強，但無可否認的是否定自己人格的一個可恥的紀錄。

李克曼的小說，就是循着這兩個意念發展：一是比人強的形勢（或可說是天意吧），一是人性之脆弱，卽強者如拿破侖也不例外。

現在回頭再說拿破侖寄居寡婦家以後的日子。杜魯梳少尉雖然死了，但舊日軍中的伙伴卻不時到寡婦家走動。其中一位是醫官，一直在杜家掛單。

事有湊巧，就在拿破侖不知怎樣開口要求鮀鳥讓他留宿一夜時，鮀鳥的孩子、醫官，和另外兩位客人闖進來了。

他們帶來了壞消息：囚禁在聖海倫那島的法國皇帝死了。

冒牌的拿破侖死了，留下的爛攤子眞的拿破侖卻不知怎麼收拾。現在他面對的最大勁敵不是別人，卻是自己。鮀鳥、醫官，和其他千千萬萬他沒見過的，但爲了他復辟含辛茹苦等了六年，從沒放棄希望的父老兄弟，他們效忠的對象是記憶中雄姿英發的拿破侖。這個拿破侖現在已成先帝。

站在這些人面前的，自稱李諾曼中尉的，卻是血肉之軀的法國遜帝，只可惜長相變得肥頭大耳，老態龍鍾。今後怎麼動員舊日部屬呢？

駝鳥一家和門下食客都靠賣西瓜、香瓜渡日，生活捉襟見肘。拿破侖在她家吃閒飯，本已不是味道，加以日來生意一落千丈，更令他急得如鍋上螞蟻。一天他在房間踱着方步，苦思出路時，一不留神踩着一個西瓜滑倒，幾乎扭傷了足踝。

這一意外卻讓他第一次看到自己：赤條條、經不起風吹雨打、在要緊關頭無依無靠一如凡夫俗子。他狂怒之下，隨手拾起地上已綻開的西瓜摔到牆上去。

這憤怒的一擊不但洩了一口氣，而且可能害他摔交的西瓜，就在這一刹那間，給他想到了銷售的好主意。

當晚駝鳥一夥人因生意清淡，垂頭喪氣回家時，拿破侖即把他們召集在一起，告訴他們說這樣游擊式的挨家抵戶的去推銷，不是辦法。跟着他向他們討了一張巴黎街道圖。沉思了好一會後，就用他在大戰前夕對手下將領面授機宜的口吻說，賣西瓜，得要講策略，應考慮到天時、地利、人和等因素。

天時：目前有利有害。利是酷暑天，大家都口渴。害是天氣熱，瓜果潰爛得快。因此我們得儘量爭取時間。

地利：簡言之，敵進我退，人棄我取。我們要進攻那個據點，得看兩個先決因素。第一，人口密集的區域。第二，鄰近無果菜市場者。

人和：避免敵人已駐兵的陣地，因此我們得用小鬼隊探子，隨時給我們探聽敵情之虛實。作戰總部將設在中區一咖啡室。那一家？到時將視現場形勢再決定。

他話說得斬釘截鐵，眞是軍令如山，毫無折衷餘地，聽者無不動容，一致決議依計執行。

衆人躺下休息時，拿破侖還是坐着，面對地圖沉思。

他可沒注意到，在黑暗中，有一個人一直在默默的觀察他。那就是醫官。雖然眼前人不是他記憶中的帝皇之相，但說話的口吻、神情、判斷情勢的能力與精密的思想，錯不了：他就是拿破侖一世！但他忍住衝動，沒有說出來。

李克曼才思確不尋常。這位末路王孫，晚景比楚項羽還淒涼。一來他的虞美人鴕鳥是個四十來歲、姿色平庸、高頭大馬的寡婦，心腸極好，但說話嘮叨，又欠文化。二來項羽自刎前，還有敢死心腹相伴。我們的拿破侖呢，空有不世之才，能夠調遣的兵將，只是兜賣香瓜、西瓜的散兵游勇。

他們得到拿破侖的點撥後，果然捷報頻傳，生意突飛猛進。西瓜隊同袍把他看作衣食父母，不在話下。鴕鳥呢，更對他體貼有加，常常像小貓一樣蹲在他跟前。

小資產階級的生活使拿破侖日漸腐化了。醫官看在眼內，難過得很。他覺得好像自己一直賴以安身立命的信仰，此刻就在他面前片片瓦解。

既然再沒有什麼指望，醫官終於悄然引退。拿破侖在一家他們常光顧的咖啡店找到了他。

「你知道我是誰，」拿破侖一看到了他就開門見山的說：「你是生意日見興隆的西瓜商。我需要你。」

「太晚了，」醫官說。

拿破侖自然不肯輕易放過他。醫官迫急了，只好據實對他說：

「你聽我的話吧：集中精神，多賣些西瓜，多賺些錢。這樣的話，你的前途受人羨慕，遠遠超乎你自己的想像。你不相信我？那你跟我來吧，反正離此不遠。」

醫官帶他走過一個荒蕪的公園，到了一間破落房子，讓他進去後，自己不聲不響地離開了。以下的經歷，連一世之雄的拿破侖，也嚇破了膽。

他看到二十來個漢子，衣裝奇怪、眼神遲滯，像夢遊一般走出花園來。其中一個坐到拿破侖坐着的板凳上，但瞧也不瞧他一眼。拿破侖打量着他，發覺他穿的雖然破舊，式樣卻似曾相識。細心一看，原來他身披長禮服式的軍裝、白背心、白長褲、脖子繫了勳帶、足登長筒靴。佩刀呢，木製的。

這就是拿破侖慣見的戎裝，也是世人認識他的標幟。對了，還有他那知名的帽子。此刻戴在那夢遊者頭上那頂，是用染過墨水的厚紙造的。

其餘的拿破侖在拿破侖面前走過。有一個舉起紙板製成的望遠鏡頻頻向前瞭望。另外一個則在石欄杆上放着一張舊報紙，像研究軍事地圖一樣凝神細讀。

鈴聲一響，這二十來個人就像學童一樣排隊走回屋子。

這屋子是精神病院。駐院醫生是醫官的朋友，名叫昆登。

醫官對他說「太晚了」，究竟是什麼意思？西瓜一役報捷後，經濟寬裕，鴕鳥一直讓拿破侖過着養尊處優的生活。一天他到理髮店，拿着兩面鏡子對照着看，鏡中是個讓他越看越討厭的陌生人。頭髮全禿了，身體比以前更臃腫。

現在他才想起，那天晚上花園內坐在他板凳旁邊的拿破侖，不但面貌模樣，就是神情舉止也酷肖以前的自己。是不是眞的相由心生？那傢伙一天到晚想拿破侖，夢拿破侖，最後也變成拿破侖？

他決定向現在的枕邊人鴕鳥吐露自己的身世，誰知弄巧反拙，害得她嚎啕大哭幾天。他沒法，只得騙她說自己消化系統出了問題，因此才會對她瘋言瘋語。

一天回家時，鴕鳥正跟一個陌生人談話。鴕鳥跟他介紹，說那人是腸胃科醫生。

那醫生名叫昆登。鮀鳥哭哭鬧鬧的原因再清楚不過：在她眼中，尤金・李諾曼中尉因思念先帝之故，痴妄成狂，竟自認是拿破侖，因此請了專家問意見。拿破侖大發雷霆，更教鮀鳥相信他病況不輕。於是每天給他吃補品，紅酒醃鷄肝啦、栗子燜豬腦啦、燕鱈魚卵啦，不一而足。但鮀鳥對他越殷勤，他越要躲開她，因爲他正忙於還我河山的部署。

他每天一早到圖書館收集資料，把從前在他帝國任過軍政要職、現在在新政府位居要津的官員生平紀錄，一一編成檔案。他要跟他們聯絡，如果能夠打動他們孤臣孽子的效死精神最好。不然的話，這些資料也可作勒索敲詐的武器。總之，他要他們跟他合作，待時機一到，讓政府各部門、軍警各單位有人內應外合，共襄義舉。

時機尙未成熟，他卻在一個晚上回家時給一陣冷雨淋得渾身濕透，跟著發高燒，昏迷數日。鮀鳥請了醫生診治，也未見起色。

第六天早上，他神志清醒了一陣子。他的枕邊人一直是他的鮀鳥。丈夫姓杜魯梳，可是她呢，她叫什麼名字？彌留時分，他使盡渾身氣力要問鮀鳥叫什麼名字，可是擠出來的話，竟走了樣，變成：「我叫什麼名字？」

鮀鳥湊近他耳邊，輕聲的說：「尤金。你叫尤金……。」

過了一會，她又無限溫柔的，像向他吐露什麼大秘密似的，更湊近他耳邊說：「拿破侖。」

侖。你是我的拿破侖。」

Paul Valery 對拿破侖的評價，確有見地。這麼出類拔萃的頭腦，怎會糊塗得連像母親一樣照顧他的女人，她叫什麼名字都不知道？跟他相反的是，鴕鳥雖然相信他不過是冒牌的拿破侖，可是爲了討他歡心，決定悲壯的撒一次謊：「你是我的拿破侖。」

此文僅介紹故事大綱，不及細節。而全書最値得稱道的地方是細節的處理，絲絲入扣，前後呼應，紋理不亂。李克曼是比利時人，感性文體承襲了法國傳統，雅淡雋永，愛用襯托諷喩，以小觀大。拿破侖記憶力超人，但只限於與他帝業有關的事務。鴕鳥與復辟前途扯不上關係，因此他從不想到要問她本名，而且卽使問了，也未必記得下來。這是襯托諷喩一例。

揭開了歷史面紗的拿破侖，究竟是怎樣一個人？讀者可從李克曼給我們的線索，自己推敲。他公開的一面，可能「悶得可以」，但在本說部內，予人印象難忘。邊境警衞引導他到了法國領土後，他第一個壯舉就是靠着分界的欄杆，轟轟烈烈的撒了一大泡尿。

《泰晤士報》書評人的話，誠非過譽。

輪迴轉生•試論作者自譯之得失

一個有語言天才的人，可以兼通多種外語，但就常情而論，總該有一種語言是他與生俱來的，這就是所謂母語，或第一語。但也有例外，如批評家史泰納(George Steiner)就是個顯著的例子。他說：

> 我想不起來那一種是我的第一語言。就我自己所知，我在英文、法文和德文三種語言的程度，各不分上下。除此之外，我後來學的語言，無論是說、寫、讀那一方面，都留下了用心學來的感覺。我對英、法、德三種語言的經驗却不一樣：這些都是我意識的本位，毫無程度上的分別。有人用這三種語言來測驗我速算的能力，結果發現在速率和準確性上無顯著的差異。我做夢時用這三種語言，不但密度對等，語意和象徵上的啓發性也是相當的。……以催眠來探求我「第一種語言」的嘗試同樣失敗。通常的結果是：催眠師以那一種語言問我，我就以那一種語言回答。

一

現在我們不妨來個假設：如果杜甫通曉的「第一語」中包括英文，他會不會願意答應我們的請求，把自己得意的〈秋興八首〉翻譯成英文呢？拉伯薩（Gregory Rabassa）說過，能夠駕馭一種文字以上的作家如納波可夫（Nabokov）和貝克特（Beckett）通常寧願由別人英譯自己作品。話說得不錯，但如果我們假設的杜甫願意姑且一試呢？那會有什麼效果？

我們不妨先看看格雷厄姆（A.C. Graham）給「玉露凋傷楓樹林」的現成翻譯：Gems of dew wilt and wound the maple trees in the wood。格雷厄姆的第一語是英語，我自己的母語是中文。把這兩個句子相對來看，我覺得譯筆傳神。但杜甫本人會不會認爲「天衣無縫」呢？這就難說了。照理說，大詩人中英文功力相等的話，而他又不嫌麻煩，願意把〈秋與八首〉譯成英文，效果應該比格雷厄姆更令人滿意。原因簡單不過：格雷厄姆雖然是翻譯名家，但究竟不是杜甫。

不過，即使杜甫願意翻譯杜甫，除非他跟隨劉易士（Philip E. Lewis）的例子，他也會遇到一般中譯英翻譯家遇到的技術困難。劉易士用法文寫了篇論文，後應邀把這篇文章英譯出來。他說：「謝天謝地，一個原作者把自己的文章譯成另一種文字時，可以隨心所欲、天馬行空。翻譯別人的作品，可不能那麼自由了。」

就英法兩國的文化背景而言，劉易士譯文即使沒有隨心所欲的自由，他遭遇到的技術困難，絕對沒有杜甫譯杜甫那麼艱鉅。法文的 Notre Dame de Paris，不用翻譯，「搬」過來就是。但杜詩中出現的「巫山」和「巫峽」，譯成 Mount Wu 和 the Wu gorges 就不是巫山、巫峽了。這正如 Dover Beach 對安諾德 (Mathew Arnold) 和熟習這首詩的英國人而言，有其獨特的時代意義。譯成「多佛海灘」而不附詳細的註釋，中國讀者說不定會望文生義，想到旁的地方去。

歐文（Stephen Owen）把這類中詩英譯的技術障礙分爲兩個層次，即語言文化的 (linguistic-cultural) 和美學的 (esthetic)。就拿「青青河畔草」的「青」字來說吧。一般的翻譯，都作 "green green, river bank grasses" 或 "green green, grasses by the river bank." 可是歐文卻認爲「這有點不對，因爲『青』是一種單色，揉合了我們習知的『藍』與『綠』兩種色調。」

以他看來，「青」在英文中沒有一個相等的字。歐文同時指出，長在這河畔的「草」也許只有 grasses，但換了另一個上下文，就說「百草衰」吧，這個「草」就不好翻了。若翻成 the hundred plants wither 呢？會有什麼問題？

> ……讀者可能把草木（plants）作狹義的解釋：莖較灌木為短、較草為長、有葉無花。讀者亦可能把草木誤作類名看，因此不把樹木算在裏面。我們又不能把「百草」只譯作「草」（grasses），因為在英文裏的草是不包括短小的草木的。說「植物」（vegetation）也不成，因為植物通常包括樹木。……總而言之，把「草」譯成 grasses，就丢了 plants。反之亦然，且不說其他因「百草衰」而引起的千絲萬縷的聯想了。

杜甫自譯〈秋興八首〉，所面對的問題，恐怕比上面提到的還要複雜。我們知道，有些中國舊詩之不好懂，並非文字艱深，而是由於典故隱喻所致。我們隨手在第一、二節就可撿到「寒衣處處催刀尺，白帝城高急暮砧」和「聽猿實下三聲淚，奉使虛隨八月槎」這類與中國歷史、文化、神話與傳統密不可分的關節。中國讀者靠了註釋的幫忙，弄通了詩人言外之意後，還可以進一步欣賞杜甫的詩才。英文翻譯當然也得落註，但對看到了「龍」就自動套入西方 dragon 傳統的讀者而言，話說得再清楚，反應也不會像中國讀者對「魚龍寂寞秋江冷」那麼容易投入歷史。

我們把杜甫「假設」起來，只想證明拉伯薩的說法不無道理。擁有中英兩種「母語」的杜甫，寧用兩種文字創造兩個別有風貌的世界，也不會自己搞起翻譯來。中西文化有異，各有一套價值觀，感性自然也不一樣。像「同學少年多不賤，五陵衣馬自輕肥」和「雲移雉尾開宮扇，日繞龍鱗識聖顏」，今天我們自己看來，已有不勝其酸迂之感，更何況外國讀者？

二

現在我們撇下假設的杜甫不談，且找些作家自譯的實例。在中國傳統詩人中，因血統和特殊背景的關係，除中文外可能還兼通另一種語言的想有不少。元人薩都剌先世爲答失蠻氏，實爲蒙古人。納蘭性德爲滿清正黃旗人。照常理說，他們都有自己母語。可惜的是，他們即使曾經把自己的詞「翻譯」成蒙文滿文，我們亦不得而知。

近代詩人中受過外國教育的多的是。三十年代知名作家中就有留英美的徐志摩、聞一多和朱湘。他們的英文寫作能力應無疑問，只不過他們的態度可能像納波可夫和貝克特一樣，不願翻譯自己的作品而已。

假如我們在現代詩人中找不到作者譯者兼一身的實例，我不會想到要寫這篇文章。在正式舉例明之以前，我們先問一個翻譯上的問題：白話詩是不是比舊詩好翻譯？我們認爲這不能一概而論，因爲舊詩人中有「顯淺」如白居易，而新詩人中有「晦澀」如李賀者。如果白話詩「白」得像艾青的〈紐約〉（一九八〇），那麼我們也許可以說：白話詩不難翻。先引兩節原文，再看看歐陽楨的翻譯。

轟立在哈得孫河口　Standing at the mouth of the Hudson River
整個大都市　An entire metropolis
是巨大無比的鋼架　A huge, incomparable framework
人生活在鋼的大風浪中　Human lives in a maelstrom of steel

鋼在震動　Steel vibrating
鋼在摩擦　Steel rubbing together
鋼在跳躍　Steel vaulting up
鋼在飛跑　Steel flying through

我們閱讀舊詩，心無旁騖，對每一個單字、片語和細節都不放過，深怕略一粗心就失其微文大義。唸艾青這首詩，倒不必花這麼大氣力。此詩文字透明，意義也毫不晦澀。「百草衰」中的「草」字給譯者帶來的困擾，我們在上面已經談過。「紐約」的鋼，並沒有什麼隱義可言。鋼是 steel; steel 就是鋼。

從翻譯的觀點而言，詩中某些動詞片語倒可有不同的譯法。就拿「震動」來說吧 vibrating

的同義中，隨便就可找到 shaking, quivering, quaking 或 trembling 等代用詞。不過，由於在艾青眼中的紐約是個充滿了貪婪動力的社會，歐陽楨選擇了 vibrating，非常得體。

五四以來用白話寫成的詩也叫新詩。新詩中現代感性濃厚的叫現代詩。此文僅討論翻譯問題，不擬在此詳作介別。我們在前面說過，新詩舊詩翻譯之難易，全視個別例子，不能一概而論。文革後有所謂「朦朧詩」之出現，語言雖用白話，意象卻難捉摸。其實，如果顧城和北島等人的「朦朧」作品能稱得上現代詩的話，那麼中國新詩早在這個世紀初已「現代」得很了。我們試看李金髮〈棄婦〉兩行：

> 靠一根草兒與上帝之靈往返在空谷裏
> 我的哀戚惟遊蜂之腦能深印着

以文字論，這兩個句子也「白」得不能再白了。我們先看看許芥昱怎麼翻譯：

> By way of a blade of grass I communicate with God in the desert vale.
> Only the memory of the roaming bees has recorded my sorrow.

紐馬克 (Peter Newmark) 在 Approaches to Translation 把翻譯分為兩類：「傳神翻譯」(communicative translation) 和「語義翻譯」(semantic translation)。前者的意圖是把原文讀者的感受盡可能絲絲入扣的傳達給看翻譯的讀者。後者所追求的是在不違反「第二語」的語義與句子結構的原則下，盡量保持原文上下文的本來面目。

依此說來，許芥昱把「遊蜂之腦」譯成 memory of the roaming bees；「能深印着」解作 has recorded，採用的是所謂「傳神」譯法。如果他要拘泥原文字義，「我的哀戚惟遊蜂之腦能深印着」可能會以這種面目出現：My sorrow can only be deeply imprinted in the brains of the roaming bees 。

兩種譯法究竟哪一種可取？在我個人看來，這是感性上見仁見智的問題。現代詩特色之一是反傳統，而一個人的「哀戚」要依靠「遊蜂之腦」來「深印着」，可見思維跟句子一樣不墨守成規。把原文和譯文對照看，許芥昱做了點剪裁工夫。幅度不大，意思也沒改變，但還是剪裁了。照我們的經驗看，這是權衡輕重後的決定。李金髮寫的是現代詩，既要破舊立新、自成一格，因此看來怪異的句子也許還是他的特色。

譯成英文，立意存其怪趣，說不定會被讀者認爲文字欠通。我想許芥昱是在這個考慮下才決定用約定俗成的英文來翻譯的。Only the memory of the roaming bees has recorded my sorrow 是不是「詩才橫溢」的翻譯且不說，文義清通是沒問題的。

許芥昱的剪裁，出於譯文文體的考慮。〈棄婦〉全詩的命意，也許深不可測，但作獨立的句子看，自成紋理。「靠一根草兒與上帝之靈往返在空谷裏」，文字意象確有不尋常處，但不難理解。既能理解，就可以翻譯。因此我們可以說許芥昱譯〈棄婦〉並沒有遇到什麼特別困難。

余光中譯紀弦詩〈摘星的少年〉面對的問題可不一樣。

摘星的少年，
跌下來。
青空嘲笑它。
大地嘲笑它。
新聞記者
拿最難堪的形容詞
冠在他的名字上，
嘲笑他。

The star-plucking youth
Fell down,
Mocked by the sky,

Mocked by the earth,
Mocked by the reporters
With ruthless superlatives
On his name

紀弦這首詩，除了代名詞「它」外，其餘都顯淺易懂。「它」、「牠」、「祂」這類字眼，是西化中文的沙石，識者不取。紀弦要用，也就罷了，可惜此詩中的「它」卻不明所指。作抽象化名詞用的話，那麼「它」指的當是少年攀天空摘星星這回事。據此，依紐馬克對「語義翻譯」的解說，「青空嘲笑它」和「大地嘲笑它」大可譯作：It is mocked by the sky,/ It is mocked by the earth。

爲了怕讀者看了不知所云，更可不厭其煩的譯作：The whole venture〔of star plucking〕is mocked by the sky,/ The whole venture〔of star plucking〕is mocked by the earth. 當然，就英文而論，這屬於「奇文共賞」。究竟「它」指的是什麼呢？中文讀者可以不去理會「它」，但翻譯卻不能逃避「它」。幸好英文有被動語態，余光中也因利乘便，以「朦朧」手法輕輕帶過。Mocked by 是「被嘲笑」，至於被嘲笑的是人還是事，也成了密不可分。

三

余光中用被動語態把「他」、「它」矛盾權宜消解。可是我們假設紀弦精通英語，而他在本詩中分別用了中性和人身代名詞，證明他不是「他」、「它」不分的糊塗人，那麼，他會不會覺得譯文有點偸天換日呢？最好的假設當然是，紀弦若要自己動手翻譯，效果又如何？

這一點我們永遠不會找到答案，因此不必徒勞無功的假設下去。余光中喜歡翻自己的詩，我們就用他作詩人自譯的第一個例子吧。他的〈雙人床〉除了自己的譯文外，還有葉維廉的譯本。

雙人床

讓戰爭在雙人床外進行
躺在你長長的斜坡上
聽流彈，像一把呼嘯的螢火
在你的，我的頭頂竄過
竄過我的鬍鬚和你的頭髮

讓政變和革命在四周吶喊
至少愛情在我們的一邊

葉譯：DOUBLE BED

Let war go on beyond the double bed,
Lying upon your long, long slope,
We listen to stray bullets, like roaming fireflies
Whiz over your head, my head,
Whiz over my moustache and your hair.
Let coups d'etat, revolutions howl around us;
At least love is on our side...

余譯：THE DOUBLE BED

Let *war rage* on beyond the double bed
As I lie on the *length* of your slope
And hear the straying bullets,
Like a swarm of whistling *will-o'-the-wisps*

Whisk over your head and mine
And through your hair and through my beard.
On all sides let revolutions growl,
Love is at least on our side...

余譯要提出來討論的字句，我都用了斜體字以玆識別。余、葉兩位都是詩人，但〈雙人床〉是余光中自己的詩，套用劉易士的話，他翻譯時可以「隨心所欲、天馬行空」。葉維廉翻譯人家的作品，就沒有這種特權了。

這分別在第一行就看得出來。「進行」是 go on，葉維廉譯得中規中矩。不譯go on，用死板一點的 proceed 也不失原義。但我們認爲，葉維廉想像再出奇，也不會越份把「進行」與 rage 同樣看待。Rage 是「怒襲」或「激烈進行」，以〈雙人床〉的文義看，不但言之成理，且見神來之筆。

葉維廉把「長長的」譯成long, long，手法與把「青青河畔草」的「青青」譯成green, green 相同。余光中譯文棄複式形容詞不用而用名詞 length，對原義無大影響。不過，觀微知著，我們可從葉、余二家處理小節的態度，看出翻譯別人的作品與自己的東西在心理上確有到人家家裏作客與躲在自己「狗窩」活動的分別。從上面例子看，他們二人在翻譯上的差異似乎僅出於修辭上的考慮，但我們再往下看，就會發覺他們兩人的分別，不限於修辭那麼簡單。

第三行有「呼嘯的螢火」。葉維廉一板一眼的譯了。若要吹毛求疵，我們不妨指出，像流彈一樣「呼嘯」的螢火不可能 roaming 那麼逍遙。

同樣的中文句子，余光中自己翻譯出來就大異其趣。螢、燐相通，但既可以「一把」計算，想是夏夜出現的螢火蟲無疑。不知余光中是否在譯詩時突然想到：雙人床外烽火漫天，在馬革裹屍的戰場上，磷火的意象在此詩中比螢火更陰森恐怖。大概有見及此，他乾脆不理原文，因譯成 Like a swarm of whistling will-o'-the-wisps。他當然有權自作主張，可是單就英文而言，這說法大有商榷之處。第一：磷火不像螢火，不能以 swarm 論之。第二：磷火是一種燃燒的沼氣，不會像螢火那像升空「呼嘯」。

但這都不是我們要討論的問題核心。我們應注意的是：余光中自操譯事，可以「見獵心喜」，隨時修改原著。葉維廉若把螢火改爲磷火，恐遭物議。除以磷易螢外，余光中還作了另一剪裁。原文是「讓政變和革命在四周吶喊」。看譯文，政變好像沒有發生過，只有革命在四周喧嚷。

四

余光中譯作改動原文，是不爭的事實，至於他爲什麼要作這種改動，這問題已由翻譯移升到創作的層次了。翻譯一旦變成創作的延續，也產生了另外一種藝術本體，非本文討論意旨。但作者自譯自改這種「衝動」，一定相當普遍。余光中外，我們還可找出葉維廉來做例子。前面說過，他譯余光中的詩，亦步亦趨，但手上作品若屬自己所有，就覺得不必做自己的奴隸了。試舉其〈賦格〉爲例。

北風，我還能忍受這一年嗎
冷街上，牆上，煩憂搖窗而至
帶來邊城的故事；呵氣無常的大地
草木的耐性，山巖的沉默，投下了
胡馬的長嘶；

North wind, can I bear this one more year?
Street shivering along the walls
Romances in cold sorrows the frontiers

Remind me of these:

Patience of the mountains　Erratic breath of outlands

Chronic neighing of Tartar horses...

〈賦格〉長達一百零一行，但作例子看，上面一節夠了。為了便於讀者看到葉維廉的刪減，我遵循所謂「語義翻譯」法則，把原詩「直譯」出來。行內的斜體字，即為葉維廉漏譯的片段。

North wind, can I bear this one more year?

On the cold streets, along the walls, *sorrow drift in through the windows*

With stories from the border-town;

The great earth heaving its erratic breaths

The patience of the woods and plants

The silence of the mountains, *throwing down* the long neighing of the
　Tartar horses...

細對葉維廉的原作與他自己的翻譯，可說輪廓猶存，面目卻改變了不少。我們從第二行算起。Streets shivering along the walls 的大意是「街冷得沿着牆發抖」。不消說，葉維廉用的是擬人化，以圖增加戲劇效果。這點且不說，要命的是「煩憂搖窗而至」在譯文中消失了。我們重申前意：如果葉維廉把翻譯認是創作的延續，我們無話可說，可是以翻譯論翻譯，我們不禁要問：爲什麼要刪掉這個句子？

除非葉維廉將來給我們一個答案，我們只得假設下去。我個人認爲，就原文來說，「搖窗而至」是一個別開生面的句子，但譯成英文，卻不好處理。歐文說得好：「中國詩的語言漫無邊際，英文不易掌握得住。運氣好時，我們也許找到幾個庶幾近矣的例子，但要翻譯與原文完全相等，實無可能。也許是一些中國人習以爲常的話，用英文來說會使人覺得莫名其妙吧。」「搖窗而至」中的「搖」字，其難捉摸處雖不及「風」和「骨」之玄妙，但也頗費思量。煩憂可以搖窗，擬人無疑。讀原文，怎麼「搖」不必解釋，但若要翻譯，得先鑑定字義的範圍：是 rock? 是 roll? 還是 shake?

我們再細對原文譯文，就不難發覺這幾乎是兩首不同的詩。「煩憂搖窗而至／帶來邊城的故事」一口氣讀完，予人的直覺是：煩憂搖撼窗門進來，給我們講邊城的故事。分開來唸的話：煩憂到臨，使人聯想到邊城的故事。

這究竟是哪一回事？除非譯文能像原文一樣包含了這兩種可能性，否則二者間總得作一選擇。由此看來，現有的 Romances in cold sorrows the frontiers/Remind me of these 只能算是完全獨立的英文詩句，不是翻譯。

葉維廉譯詩第三個顯明的遺漏是沒有把「胡馬的長嘶」前面的動態語「投下」翻譯出來。熟悉葉維廉「定向疊景」理論的讀者不以爲怪。〈賦格〉四景渾然天成：

呵氣無常的大地，
草木的耐性，
山巖的沉默，
胡馬的長嘶。

此情此景，呈現眼前，再「投入」些什麼未免畫蛇添足了。這個關鍵葉維廉創作時可能沒有看到，翻譯時大徹大悟，乃筆路一轉，添了 Remind me of these: 一句，把零碎的意象重疊起來。

五

我們先後看過歐陽楨、許芥昱、余光中和葉維廉的翻譯，現在可以綜合他們的經驗，作一個粗淺的結論。我們認爲，若把翻譯看成一種有別於創作的活動的話，第一個應堅守的原則是忠於原作者的本意，不恣加增刪。歐陽楨和許芥昱在這方面都符合了這個前提。

余光中和葉維廉翻譯別人的作品時，大致也中規中矩。值得討論的是他們自譯的詩篇。他們作了些什麼剪裁、改動的幅度有多大等細節我們已交待過了，不必在此舊話重提。我個人覺得需要注意的，是一個技術上的小問題。我覺得，像〈賦格〉一詩的「英文版」，與原文出入這麼大，不應再說 translated by the author 這亂人耳目的話。道理很簡單，因爲這不是翻譯。初習翻譯的人一時不察，拿了葉維廉的「非翻譯」作翻譯範本來研究，就會誤入歧途了。

葉維廉身爲作者，有權邊譯邊改自己的作品，這話我們也說過了。最不可饒恕的是今人譯古人詩，明知故犯，無中生有。我且舉個近例。李商隱詩蕩氣迴腸，固然是他的特色，但說話不留痕跡，更是他的特色，要不然他不必以〈無題〉傳衷曲了。「春蠶到死絲方盡，蠟炬成灰淚始乾」是家傳戶曉的名句，且看落在譯者手裏變成什麼個樣子？

Just as the silkworms spins silk
Until it dies.
So the candle cannot dry its tears
Until the last drop is shed.
And so with me,

I will love you
To my last day (Ding & Raffel 1986).

我們無法想像李商隱會說出這麼「摩登」的話：「我也一樣，愛你到海枯石爛」。這種畫蛇添足的「譯」法，無疑是嫁禍古人。正因翻譯界有這種歪風存在，難怪能用第二種語言來表達自己的近代詩人都覺得，與其像李商隱一樣任人宰割，不如自己動手翻譯了。除余、葉兩位外，常常在這方面「自彈自唱」的近代中國詩人還有楊牧和張錯。本文因篇幅所限，沒有把他們自譯的作品收在討論的範圍，但我閱讀他們的譯作時，發覺到他們在某種程度上一樣有「不惜以今日之我改昨日之我」的習慣。這現象使我想到該拿自己的東西做例子。我不寫詩，不譯詩，但因寫了本文，使我有機會在翻譯問題上試作「現身說法」。

本文之構想與資料全由一篇題名 Unto Myself Reborn: Author as Translator 的英文稿衍生出來（＊）。所謂衍生，就是一種妥協。我原來的打算是把自己的文章自譯成中文的，但一開始就遇到無法克服的困難。Unto Myself Reborn: Author as Translator 這個題目是我想出來的，可是我就沒有辦法找到一個令我自己滿意的中譯。「再生爲我」？這是不倫不類的中文。「自充譯者的作家」？一樣不倫不類。

題目不好譯，內文第一句也不好處理。Imagine Tu Fu (712-770) to be as gifted a polyglot as George Steiner，若果規規矩矩的譯出來，不外是：「讓我們假設杜甫跟喬治‧史泰納一樣有語言天賦，可以說寫多種文字」。

我自信這句譯文沒有什麼錯失，但我自己看了不滿意。爲什麼不滿意？因爲我相信如果我用中文寫作，絕對不會用這種句子開頭。我這種「自譯」的嘗試，使我深深的體驗到，一個可以用兩種語言寫作的人，就同樣一個問題發表意見時，內容可以完全相同，但表達的方式可能有很大的出入。

拿我個人經驗而言，這種表達方式的差異，可有兩種解釋。一是文字本身約定俗成的規矩，正是英文所說的 convention。譬如說，Imagine Tu Fu to be 這種句法，可說是英文規矩的產品。要用中文表達這個意思，如不想用西化句法如「讓我們想像什麼」的話，得在中文的規矩範圍內找。有時英文簡簡單單一句話，用中文說不但洋腔十足，而且囉嗦透了。同樣一個意思，當然可用中文來表達，但話不是這麼說的。

第二個原因更具體。任何人用某一種文字寫作，都會投入在那種文字的思想模式中。我既然決定了「現身說法」，應該繼續以自己的經驗爲例。我的母語是中文，但我着手寫 Unto Myself Reborn 一稿時，腦海中出現的句子，全是英文的。這就是說，並非先想好了中文句子，然後再翻成英文。英文雖不是我的母語，但既接觸了多年，已成日常生活與思考的一種習慣。譬如說，在 Gerald Manley Hopkins 的討論會上，只要與會人士都用英語，像 inscape 這類字眼將脫口而出，絕不會想到與翻譯有關的頭痛問題。

同樣，我們用中文論詩詞，風骨、神韻、境界這些觀念，自自然然成了我們思維的一部分。

最後，我不能不就 Unto Myself Reborn: Author as Translator 的翻譯問題交代一下。若獨立的看，「輪迴轉生：試論作者自譯之得失」也許沒有什麼不對，但若說是翻譯過來的，就顯得不盡不實了。第一，輪迴轉生並不保險 unto myself reborn。此生若有差錯，下輩子可能轉生爲牛爲馬。作者自譯作品，就是不願意別人把自己弄得面目全非。「試論作者自譯之得失」確包括了 author as translator 這個概念，但不是翻譯。「試論」和「得失」乃原文所無，但這是中文約定俗成的規矩。若說「輪迴轉生：作者自譯」，就非驢非馬了。

連自擬的題目都無法翻譯，因此我只好打消原意，把 Unto Myself Reborn 的資料抽出來，重組改寫。這次經驗使我深切的瞭解到像納波可夫和貝克特克這種大家，爲什麼拒絕「輪迴轉生」，而余光中和葉維廉等詩人，爲什麼在翻譯自己作品時，常迫得作出「削足就履」的措施。

沒有翻譯經驗的人不懂翻譯之苦，只有爲「一詞之立」而受盡過折磨的人才會特別欣賞行家卓越的成就。翻譯這工作值不値得做下去？且引一九八六年十二月一日《新聞周刊》(*News week*) 一篇報導作爲本文的結束。根據該報導執筆人 David Lehman的說法《百年孤寂》(*One Hundred Years of Solitude*) 的作者馬奎斯 (Gabriel Garcia Marquez) 對拉伯薩英譯本之喜愛還要超過自己用西班牙文寫成的傑作。

這個報導，令人興奮，雖然我們知道這是可遇不可求的事。

＊見 Renditions: *A Chinese-English Translation Magazine*, Nos. 30-31 (1989)

再生緣：連鎖翻譯實例

一

連鎖翻譯是我杜撰出來的名詞，含義在本文自有解釋。

一種文字根據另一種文字衍生出來，這過程叫翻譯。今天我們講的翻譯研究，針對的就是這類問題。林以亮等前輩對霍克思英譯《石頭記》諸多推敲研究，做的就是這種功夫。

現在我們做一個完全是學術性的假設：到那一天不論是什麼版本的中文《石頭記》在這世界消失了，而此書的譯本，別無選擇，僅得霍克思的 *The Story of the Stone*。

這部經典之作的原文既然煙消灰滅，爲了讓下一代的子孫知道《石頭記》講的是什麼故事，有心人也許會自告奮勇，根據霍克思的譯本譯成《石頭記》，不消說，文字與曹雪芹大異其趣。

從英文轉生出來譯本，究竟是甚麼怪胎？據我所知，大概因爲不屬紅學範圍，好像從沒有學者注意過。可以猜想的是，當今之世，以三代年紀算，大概只有張愛玲、白先勇和鍾曉陽三人兼備的中英文修養，才可以模擬原著一些氣味來。

《石頭記》因霍氏譯本而得新生，這叫「再譯」。

再來一個假定：設有好事者，再根據《石頭記》的再生中譯本譯成英文。這種息息相生的過程，就是我所說的連鎖翻譯。

一首詩、一段文字，經過連鎖翻譯的輪廻轉生，最後會變成什麼一個樣子？

《紅樓夢》文字，不可玩忽，但爲了一覩連鎖翻譯的廬山面目，不得不以別的作品做個試驗。過去十多年來，我分別翻譯過馬拉末、貝羅和歐維爾的小說，正好根據個人經驗來個現身說法。

小說篇幅太長，不好舉例。爲了方便，不妨引用出現在歐維爾《一九八四》中的一首曲詞：

It was only an' opeless fancy,
It passed like an Ipril dye,
But a look an' a word an' the dreams they stirred
They' ave stolen my' eart awaye!

They sye that time 'eals all things,
They sye you can always forget;
But the smiles an' the tears across the years
They twist my 'eartstrings yet!

在大洋邦這種高壓得令人窒息的社會中，誰還有閒情哼這種靡靡之音？以下文字，出自我譯的《一九八四》（修訂本，臺北東大圖書公司，一九九一年）：

窗子下面有人唱歌。史密斯隔著窗簾探望出去。六月的陽光曬滿後院，只見一體積龐然的婦女，腰間繫著蔴袋布圍裙，展著肉騰騰的雙臂，一步一陡的在洗衣盆和曬衣繩間踱來踱去曬孩子的尿布。她口裏含著曬衣用的木夾子，但只要嘴巴一空出來，就用女低音哼著：

本來不存希望，
心事化作春泥。
誰人巧言令色？
使我意馬難收？
雖說時光最能療創，

雖說舊恨轉眼遺忘，
舊時笑聲淚影，
歷歷在我心上。

這個「體積龐然」的婦人，就是大洋邦「普理」一分子：教育水準低、容易受騙、也比較容易滿足的勞工階級。

把我的譯文再翻成英文，會是什麼效果？為此我請威大同事高德耀（Robert Joe Cutter）教授幫忙，給我接第一個連鎖。以下是他的譯文：

I never had a chance,
And my love became a mire.
Whose silver tongue and handsome face
Set fancy all afire?

Who says time heals all wounds,
And old grudge is soon forgot?

The tears and laughter of former days
Are etched clearly on my heart.

他寄譯文來時，附言說：「我最少在十五、甚至二十年內沒有再看《一九八四》了。不消說，你寄給我那首中文小調，原文如何，我一點印象也沒有。譯文完成後，我找出歐維爾原文來看，不禁哈哈大笑起來。原來這調調兒的曲詞，是用 Cockney English 寫的，不容易翻成中文。」

所謂 Cockney English，就是倫敦東區人士說英文時的口音，如把April說成 Ipril，day 說成 dye 等。

我的譯文當然沒有把這種「口音」譯出來，因爲我做的既然是中譯工作，當然得把英國普理靡靡之音，「歸化」而成中國郎呀妹呀的調調兒。「巧言令色」和「意馬心猿」這類字眼，聽來很有書卷氣，非一般「普理」教育程度所及。但靡靡之音的特色正是這樣：哼的人可以不求甚解的大拋書袋。

在我譯文出現之「春泥」，有異於龔自珍名句「落紅不是無情物，化作春泥更護花」的轉喻用法。「心事化作春泥」，指說應該心死但實在還存幻想。

現在回到連鎖翻譯正題。我把高德耀的譯文交給一位同學，請他接力。所得的結果是：

可憐天公不做美
萬種思戀磨跎得人好生憔悴
究竟是哪個風流冤家的花容嗔語
想煞多少青春少年人？

誰說幾度秋去春來
可叫人盡忘故情舊恨？
往日啼痕笑語刻骨銷魂
怎能不時時掛在心頭？

如果我們不拿這第三個連鎖翻譯與歐維爾原文對照，光以靡靡之音論靡靡之音，那麼我這位不願報上名來的同學，手筆確令人「銷魂」。但以翻譯看翻譯，實在是弦歌太遠，舊調渺不可尋。

連鎖翻譯這個練習，當然可以綿綿無絕期地接下去，只是讓歐維爾的文字一再投胎轉世，最後的結果是面目全非，太對不起作者了。

做任何實驗，總得有個目標。我們從以上的連鎖翻譯，得到什麼心得？我想最少有一點：如果有選擇餘地的話，翻譯最好是根據第一手資料。

但這僅是理想，現實情況往往是事與願違。再拿我的經驗作例子，除了上述三家小說外，我還翻譯過以撒・辛格的《傻子金寶》。辛格是美籍猶太人，作品多用意第緒語寫成。我不懂這種語言，譯《傻子金寶》時，只好根據貝羅（Saul Bellow）的英譯本。

既然我們閱讀外國文學作品要靠翻譯，而且有時還是二手翻譯，那麼一般學子能從中得到什麼益處？有關這一點，開世界文學名著選讀這類課程的美國學者的意見應有價值，因爲他們用的課本，都是翻譯作品。

玆引柯伯特（Jack Kolbert）的說法作參考。他認爲儘管詩詞翻譯難得傳神，但小說的主題，屬於「硬件」，雖經翻譯，體架猶存。因此如用翻譯作品開比較文學的課，大可以主題的通性來作講題的核心，如文學和政治的關係、戰爭與和平、不同文化與社會中的婚姻制度等。

他這種看法，倒可以我個人譯《一九八四》的經驗引證。所謂「硬件」，就是作品中的點題字眼或段落。《一九八四》的中譯本，除了我的還有多家，較近的是花城出版社一九八八年董樂山譯本。上引普理婦人唱的歌，董樂山的譯文是：

這只不過是沒有希望的單戀，

消失起來快得像四月裏的一天，
可是一句話，一個眼色，
却敎我胡思亂想，失魂落魄！

他們說時間能治療一切，
他們說你總是能够忘掉一切；
但這些年來的笑容和淚痕，
仍使我心痛像刀割一樣！

詩詞是「軟件」，打油詩也是一樣。拿董樂山的譯文跟我自己的比較，我發覺原意雖然大體相似，但文字相去甚遠。如果拿他的譯文作一次連鎖翻譯的練習，效果想跟我上面作的實驗相同：面目全非。原因是：軟件缺乏點題重心。

但像 Down With Big Brother 這類點睛句子，董樂山跟我不謀而合：「打倒老大哥。」

這不是運氣，而是句子本身在全書所佔的迫人力量。除了「打倒老大哥」外，還有沒有其他可能的譯法？我看只有「老大哥下臺」吧。但既是《一九八四》的譯者，當知史密斯要的，不是老大哥下臺這麼簡單。他要不擇手段地去打倒老大哥。

這就是我所說的點題文字。這種文字，雖經連鎖翻譯的考驗，我想仍會留下痕跡。

史密斯在第一次跟朱麗亞發生關係前，問她：「你以前這樣做過麼？」

聽她回答說最少也幹過幾十次後，他興奮極了，因爲任何牽連到黨員腐敗、墮落的事情都教他產生希望。「如果他一個人能把痲瘋或梅毒傳染給『他們』的每一個，他太願意做了。他願意幹任何使『他們』腐化、墮落、崩潰的事。」

我參照董樂山的譯文，發覺儘管我們文字各有出入，但關鍵字眼如「腐敗」、「墮落」和「崩潰」等，大家都扣得很緊。

翻譯的如果不是詩詞，走樣的機會也會減少。

二

一般人的感覺是，經過翻譯的東西，不論是誰的手筆，總是多少打了折扣的。《百年孤寂》的作者馬奎斯雖然說過這本小說的英譯，比他的西班牙原文還要好。如果事實如此，這是特殊例外。

爲了要找出還有沒有其他異數，我也做了一個類似連鎖翻譯的試驗。以我老派眼光看八十年代後冒頭的大陸小說家的文字，也許是不習慣使然，發覺沙石頗多。寫《血色黃昏》的老鬼，是其中一個。最近與葛浩文（Howard Goldblatt）教授通話，得知他正英譯此書（將由 Viking-penguin 出版），乃決定請他幫忙一同做個練習。我請他從翻譯中挑一小段給我，然後由我翻成中文，看看效果是否接近原文。他選了這一段：

My seclusion on the pastoral steppes was made bearable by the knowledge that by not showing my face,I was depriving Wei Xiaoli of a chance to see me. I hoped to get her to miss me through reverse psychology, by making her want what she could not have. Intuition told me that feigning aloofness was a more effective strategy than naked, open pursuit. Some of the more desirable young women will turn their noses up at suitors who follow them around, bestowing their favors on some disinterested stranger.

就英文的文義來講，翻譯這一段毫無困難，因爲葛浩文文體清爽玲瓏。但任何有翻譯經驗的人都知道，要把一個句子或段落翻得貼切，需要顧及上文下義，不能獨立來看。譬如說 seclusion 和 bearable 這兩個字，要翻譯再簡單不過：「隱居」和「受得了」就是。

要照顧到上文下義才下筆，我們應該提出這類的問題：敍事者在那一種情況下去「隱居」的？他說「受得了」，那麼，這種隱居滋味，是不是本來並不好受？

既然我們做的是一個試驗，我就把葛浩文的譯文當作獨立的片段處理。所得的連鎖翻譯如下：

> 我在草原上離羣索居，本不好受，但一想到章小立因此看不到我，就覺得這也是值得的。我希望他因為看不到我而想念我，這就是所謂「反激心理」的作用吧。我從直覺知道，要得到小立，採取處之以閑的態度，總比單刀直入地去追求她好。不少迷人的女子，對一天跟著她屁股跑的男人嗤之以鼻，反而對態度漠然的另眼相看。

依我自己估計，這段翻譯中規中矩，最少文句與英文一樣乾淨俐落。譯文定稿後，再拿《血色黃昏》原文來看，發覺要不是葛浩文的英譯錯了，就是老鬼的中文寫歪了：

> 我在牧區草場裏躲著、熬著、儲存著自己的形象，不給章小立有看見我的機會。希望借著人最珍惜失去了的東西之心理來促使她想念我。一種直覺告訴我：欲擒故縱的戰略要比赤裸裸地追求，威力大得多。很多俊俏姑娘不理睬屁股後面的一大羣追求者，却偏偏看中對她不感興趣的陌生男子。

對比之下，我發現葛譯丟了敍事者要儲存的形象。但轉念一想，葛浩文中途把人家的形象拋棄，也許另有苦衷。「儲存著自己的形象」照理說不難翻，說 storing up my own image 可以，再不然雅一點說 conserving, nurturing，或 cultivating 也未嘗不可。

問題是，「不給韋小立看見」又怎麼會與形象的儲存拉上關係呢？一定要硬譯進去的話，不明就裏的讀者，還會以爲葛浩文譯歪了。

葛譯還有化繁爲簡的一筆，把「希望借著人最珍惜失去了的東西之心理來促使她想念我」消解爲 reverse psychology，也就是我依他譯文衍化出來的「反激心理」。

這種老鬼式的中文，堪作我上面提到的文字沙石代表。

文字經過翻譯，的確要打折扣。葛譯打了老鬼的折扣，我的連鎖翻譯也相應受到波及。

究竟葛浩文的英譯，或者是我的中譯，是否要比老鬼的原文可取，這是見仁見智的問題。論者可能認爲，前面指出那些我們看來出人意表的地方，正是老鬼文體風格的特徵。

果如是，那無話可說，而我認爲的沙石，在別人看來，可能正是珠玉。

但有一點我們不能忽略：從事創作的人在文字上大可以花拳繡腿，翻譯的人卻沒有這種福氣。譯喬哀思或許可以破舊立新。一般翻譯文字，還是以通順達意爲標準。

翻譯家要揚才露己，還是改行創作的好。

譯筆殺作家

張賢亮長篇小說《男人的一半是女人》英譯本於一九八六年在美國出版。出版社是極具規模與歷史的 Norton 公司。譯者艾法里（Martha Avery）女士，據封套內頁的介紹，一九七〇年間開始學習中國語言與文化，經常因公到大陸旅行，是 Wharton School of Finance 的 MBA，現居香港。

葛浩文剛爲《今日世界文學》（*World Literature Today*）寫了短評，寄了影印本給我，得先覩爲快。葛氏認爲艾女士譯筆大致過得去，雖然文字平平，對原文誤解之處也不少。最令人吃驚的是：把複姓司馬的大史家誤作司先生。

讀者如手上有《男人》原文，不妨翻到第三部第三章去，內有大青馬跟自述者的對話：

「『我想，大概不會受到什麼影響的吧！』我遲遲疑疑地說：『譬如司馬遷，他被處了宮刑以後，還能創作出那部偉大的《史記》……。』」

艾法里在七十年代學中文，那時中國人名的音譯，還流行 Wade-Giles。如果她除了語文外，還旁及文史的經典，則她應該看過或最少聽說過頂頂大名的華茲生(Burton Watson)翻譯過《史記》，英文題目就突出了太史公的名字：Ssu-ma Ch'ien。用今天的拼音，那應該是：Sima Qian。

可是在艾法里譯文出現的司馬遷，卻是 Si Maqian。

我們當然明白中國的複姓很磨人。不但外國人會一時糊塗，今天年輕一輩的中國人，恐怕沒幾個曉得比較冷門的如公孫、屠岸，和屬於鮮卑族的宇文，是曾經一度流行過的複姓了。

但司馬和歐陽這種複姓，一直流行不衰。唸過幾年古文的外國學生，不識司馬光情有可原，不知司馬遷其人其事，只怪老師沒有教好吧。

別人看了葛浩文的短介不知作何感想，我看了，心裏涼了半截，對《男人》的英譯早已失了信心。只要態度慎重些，像這一類的過失完全可以避免。連這種常識都可以出錯，稍微複雜一些的段落，怎敢想像？

果然，在譯文的第一頁就出現了沙石。

原文：「兩個月前，我從大組被抽調出來，去管水稻田。」

譯文：I was supervising hard labour in the rice fields after being transferred two months earlier from a place called Dazu.

「大組」指的是什麼：在同一段落互相發明。敍事者下一句就說：「在勞改隊裏，我是大組長，調到田管組，我仍然是田管組組長。」同樣是組長，單位可小多了，只管十二個人。

艾法里把「大組」譯爲 a place called Dazu，可見她誤作地名看待。

上引的錯失出於誤解。在同一段落中，我還找到一知半解的例子。

原文：「……你婊子兒要能把那十二個傢伙管好，出去就能當管千幾八百人的廠長了。」

譯文：You whore, if you can handle those twelve, you can run a factory of eighteen hundred when you get out。

「婊子」跟「婊子兒」不但有性別之不同，且有「代溝」。

罵人的是王隊長，男性。被罵的敍事者，也是男性。

You whore 是「你這婊子」，男人罵男人，不會這麼說吧？該作「婊子養」的（sonafabitch）。

諸如此類的誤解與一知半解不勝枚舉，再舉一則，應可收觸類旁通之效了。

讀過《男人》的讀者大概記得，敘事者談話的對象，「上窮碧落下黃泉」，除了跟牲畜交換意見，跟他聊過天的古人，就有馬克思和莊子這些來頭不小的人物。

第三部第六章我們就聽到他對《水滸傳》的宋江說：「『宋大哥』，我叫道：『可是，時代不同了，你放了閻婆惜，可以逍遙法外，而我呢？現在沒有一個水泊梁山……。』」

「水泊梁山」在這裏泛指由《水滸傳》衍生出來的烏托邦世界，也就是「逍遙法外」之所。可是艾法里不明就裏，硬生生的譯爲：Shui Po Liang Mountain，使不諳此典故的讀者以爲眞有此山，名叫水泊梁。

像我這類通常要用英譯本講授中國文學的人，看到艾法里花了這麼大的心血介紹中國作家給西方讀者，應該處處與人爲善才對。的確，在下筆前我考慮了很久，最後決定還是面對現實的好。

近年我們對中國作家在諾貝爾的文學榜上一直落空，引爲憾事。現代文學的作家中，作品是否有夠得上諾貝爾水準的，是另一回事。但即使這麼一個大師存在，沒有一流的翻譯去給此獎的各委員評核，也會孤芳自賞一輩子。

印度的泰戈爾，作品原來就是英文。日本的川端康成，若沒有像 Edward Seidenstick-er 這麼一個高手替他移花接木，他的感性再東方，也不會得委員會諸公靑睞。這個大關鍵，我自己說過多次，不想重覆。

我想再提出的一點是：我們目前需要的，不是爲翻譯而翻譯。我們不妨設想一下，假如當年川端康成的翻譯權不是落在日本文學家、英文造詣出神入化的 Seidensticker 手裏，恐怕也登不了龍門。

憑翻譯去認識作品，讀兩個不同的譯本，說不定就會有兩種截然不同的印象。好壞確是天淵之別。如果曹雪芹在世，拿霍克思和閔福德二氏以前的《紅樓夢》節譯本去「應徵」諾貝爾文學獎，也無濟於事。

一九八五年以來，大陸小說家人才輩出。如果不是不幸發生六四屠城事件，讓莫言、韓少功、劉恒等年輕一代作家在半自由的空間發展下去，前途無可限量。常與美國的行家談到，若要西方讀者對現代中國文學另眼相看，必定要取得突破。也就是說，要找兩三本有份量的作品，配合有份量的翻譯，務求「一炮打紅」。

一兩本「等量齊觀」的作品與翻譯在西方的市場做成聲勢，將會帶動整個現代中國文學的研究興趣。

就我所讀過的近年大陸小說而言，莫言的集志怪、傳奇、演義與魔幻大成的《紅高粱家族》可作開路先鋒。

可是此說部的翻譯若落在等閒輩手上，那眞是未見其利，先見其害。

壞的翻譯不但可以「謀殺作家」而且還會斷送一國文學「外銷」的前途，不可不愼。

除《男人》外，我手頭還有兩本一九八五年後大陸小說的英譯本。一是殘雪的 *Dialogues in Paradise*（《天堂裏的對話》），西北大學出版，譯者爲 Ronald R. Janssen 和 Jian Zhang 二人。

另一本是 Jeanne Tai 翻譯的 *Spring Bamboo*（《春筍》），由 Random House 出版，內收鄭萬隆、韓少功、王安憶、史鐵生和莫言等人的短篇。

這兩集子翻譯的質素如何，因尚未詳細對照，不擬置喙。可是看譯者的身分，可以猜想到這兩個翻譯計畫都是適逢其會而來的。

Janssen 是 Hofstra 大學當代文學教授，年前曾在上海華東師範學院客座一年，經朋友的推介讀了一些殘雪作品組成的翻譯，迷上了。最後還得人介紹認識了《天堂裏的對話》的作者。

Jeanne Tai 是香港出生，美國受教育，現在紐約執業的律師。一九八五年因業務關係曾到大陸待了一年多，對「新時代」的大陸小說發生興趣。

這就是上面兩本集子的「翻譯緣起」。

好吧，我們到了直言無諱的時候了。

臺灣作家中，英語能說能寫的，多不勝數。設若有人問李永平，「我的母語是英文，看中文沒有問題，我要翻譯你的《海東青》，你授權給我吧！」

我猜李永平不會傻呼呼就因爲「迷信」他的母語是英語就把《海東青》雙手奉送。他說不定不客氣的先要他拿以前的翻譯來看看，再作道理。

大陸作家中，除高行健法文靈光外，還有什麼人精通英、法、德這種「主流外語」，不得而知。殘雪、韓少功即使稍通英語，程度也不見得夠鑑辨翻譯的高下。

這假定如果成立，我相信他們對「授權翻譯」的要求，一定有求必應。

英語是母語、「中文看書沒問題」的人是否就有資格從事翻譯？

這不必找回答，讀者中的「雙語人」多的是。中文是你的母語，英文你天天對付着，你自問夠資格翻譯，隨便舉個名字吧，Graham Greene?

自認英語是母語的人不一定會寫好的英文。中文當母語的，亦復如是。

上面說過，Ronald R. Janssen 和 Jeanne Tai 二家翻譯如何，因未過目，不敢置評。但願吾國作家深慶得人。

作家自己的作品交人翻譯，如果自惜羽毛，猶如托孤。因此得千萬小心，別所託非人。

此乃作家之幸，中國現代文學之幸。

美華小說新起點

1

十年前我花了近一年的工夫研讀、評介、和翻譯美國華裔作家用英文發表的作品，分別輯成《唐人街的小說世界》（一九八一）和《渺渺唐山》（一九八三）二書。

當時最叫座的作家是湯婷婷，分別以《女鬭士》（一九七六）和《金山勇士》（一九八〇）知名。《金山勇士》六月出書，九月已第六次印刷。書暢銷已教人高興，更難得的是作者還拿了美國「國家書獎」。

湯婷婷作品的價值如何，得看讀者的文化背景而定。對一般美國讀者來說，《女鬥士》中的花木蘭，上山學法，「本領達到舉手一指，空間就馬上出現銀光一道。憑我的意念控制，這把飛劍可以揮斬自如」——這種故事題材自會使人耳目一新。

女鬥士師滿下山，要代父從軍，行前父親執刀在其背上刻上各種公私寃情，要女兒一一報仇。好個花木蘭！任務一一達成不說，還能在戎馬倥傯中嫁夫產子。戰後歸來叩見公婆，跪在地上說：「媳婦公私事務了結，今後當常隨大人左右，除了上田持家以外，還要給你們多添孫子。」

別人看了這種描述不知作何感想，我個人的反應是：湯婷婷筆下的花木蘭，眞是個文化怪胎。作者對這段民間傳說感到興趣，當然是著意其女俠形象（如唐傳奇中的聶隱娘）。只是身爲「女俠」，怎會如此三從四德？要奉養公婆、爲他們多添孫子？

《女鬥士》的題材與形式是雜碎。《金山勇士》亦如是，而且借用前人想像力的痕跡更多。第一章的勇士話說唐敖，飄洋過海去金山，誤入女兒國，受盡《鏡花緣》中那位「聖上」加諸林之洋的各種折磨，諸如刺耳垂、纏小腳等等。

我們記得，在李汝珍的說部，受女兒國皮肉之苦的不是唐敖，而是林之洋。那麼湯婷婷爲什麼張冠李戴？照我看，這不是筆誤，而是故意的安排。在《女鬥士》一章的結尾，湯婷婷曾言志道：「把寃情報導出來，就是報仇。不是殺頭割腹，而是用文字報仇。」

因此我們可以了解，爲什麼在《女鬪士》中被刺耳洞的是唐敖。林之洋是買賣人，唐敖是書生。在傳統文化中，許多折磨女人的鬼主意，都是百無一用的書生想出來的。

女鬬士要用文字去報仇，對象是報對了。令人不解的是作者前後矛盾的思路。媳婦承歡兩老膝下，作爲祖宗延哲嗣的「生產工具」，這觀念封建得跡近《竇娥寃》，眞教人匪夷所思。

2

湯婷婷熱鬧十年後，代之而起的是譚恩美。據鄭樹森的訪問錄所載，她的第一本小說《喜福會》「書未出先轟動，已被美國『每月書會』及『優秀平裝書會』內定向會員推荐，並在正式出版前售出法、義、荷、德四種文字翻譯版權。美國主要刊物如《紐約時報》、《紐約時報書評週刊》、《時報週刊》、《新聞週刊》、《人物週刊》等，都在出書時立卽發表評介文字。」

鄭樹森的訪問稿於一九八九年三月十六日見報，其時譚恩美的第二本小說《灶神娘子》（一九九一）尚未面世。

《灶神娘子》前程如何，言之過早，而且我們對一個作家的價值判斷，不該受市場反應所左右。湯婷婷拿過國家書獎的榮譽，銷路不惡，但我十年前覺得她名過其實。今天與譚恩美較量，我覺得後起之秀較爲可觀。

玆錄鄭樹森訪問有關片段：

「問：身爲少數民族，又是女性，在美國用英文（雖然是母語）來創作，是否有邊緣之感？

答：開始寫作時，認爲自己是美國人，寫不來美國的華裔經驗，所以寫過別的經驗，但不眞。後來構思和寫《喜福會》短篇組成的小說時，從來沒想到出版，只想讓自己的感受發散出來。寫本書時，很多童年、少年的經驗都不斷回到腦中，都是從前早就忘了的。後來連很多聲音和對話都會想起來。至於邊緣感，確實有一點。但似乎並不是我自己的經歷有什麼特別。主要是目前美國的主流作品，我沒有認同感。我過去一直都是被『同化』的，對主流很清楚；因此現在細看，就很清楚自己不是在主流裏。我想這和兩個文化之間的身分問題無關。但是，再怎樣『同化』，也許還有一點『不同』，到底華裔的社羣比較強調家庭和集體。美國白人社會一般還是比較個人主義。」

上面引文最值得注意的是第一句：「認爲自己是美國人，寫不來美國的華裔經驗，所以寫過別的經驗，但不眞。」

譚恩美孩提時就隨家庭移民美國，父親燕京大學工學院畢業，來到美國後在加州當牧師。她家住郊區，左鄰右舍全是美國人，所以在少女時代就很美國化，「生活和想法都和美國同年齡的孩子一樣」。

小時候母親還用中文跟她交談，但長大一點後母女兩人就全賴英文來溝通了。在這樣一種家庭背景和生活環境長大的人，怪不得自認寫不來美國華裔經驗了。可怪的是，她寫「別的經驗」時——我們就說白人社會吧，反覺「不眞」。

由此可見中國的歷史、文化和生活經驗是一種纏綿的記憶。譚恩美父母的一代當然忘不了。即使不懂中文的子女，也受到「隔代遺傳」記憶的感染。我們相信，她母親雖然在她長大後用英文跟她交談，但範圍所及，絕對是與舊時在中國大陸的經驗有關。

湯婷婷在美國出生，論感受，應比譚恩美還美國得徹底。可是她的文字，除拾中國神話之牙慧外，還映射到渺渺唐山的近人近事。《女鬪士》中那位抱子投井的阿姨，公審時被罰跪在玻璃碎片上的叔叔伯伯，都是作者從母親聽來的家庭悲劇。

有一點我們應該弄清楚的是：隔代遺傳的記憶冷靜得很，鮮見感情用事。這也是說，在美國長大、受教育的美華作家落墨不會像林語堂或黎錦揚（《花鼓歌》作者）那樣受到「回首望故國，河山總斷腸」的情緒干擾的。對他們說來，中國就是父母或祖父母來自的國家，不是什麼「故國」。

比湯婷婷和譚恩美早兩三輩的劉裔昌，在一篇自傳小說中把中國、故國一分爲二，話說得斬釘截鐵。他對口口聲聲要送他回中國唸書的老子說：「我爲什麼要回中國去？我從親戚朋友聽來的所有有關唐山的故事，都是壞透了，一無可取。如果這不是事實，那爲什麼我們的叔伯兄弟都想來美國？」

今年五十多歲的趙健秀，在短篇小說（〈犧牲〉）中有一段父子對白，話說得更露骨：

「孩子，」那男子說：「我要你在這裏出人頭地。做醫生吧，賺大錢去幫我們唐人。或者做律師、工程師，總之賺錢去幫唐人就是。他們會尊敬你。」他拍拍兒子的胸膛，又說：「你答應我，我死後你不離開唐人街，好不好？」

「我不知道呵，爸爸。……或者我不是唐人，爸。或者我不過是一種中國的意外。好像只有你才那麼執著要我做中國人。……爸，大部分我不喜歡的人都是中國人。他們連笑聲都帶口音！」

3

如果這篇小說的兒子帶有作者的影子，我們不難看出美華作家在寫作生涯中所遇到的困擾。既然中國與中國人都不足爲傲，乾脆忘記算了，另闢蹊徑就是。但就我所知，趙健秀沒有寫過全以白人社會爲背景的小說，想他也遇上類似譚恩美的困難吧，寫出來的東西「不眞」。

趙健秀是美華作家中知名的「憤怒中年」。這不打緊，因對中國貧窮落後失望而生的悲憤，是貼身的、眞摯的情感，自會引起共鳴。以同樣一支筆，單憑想像力與觀察去描寫白人社會，效果就難說了。《哈佛美國現代文學指南》把美國文學就膚色(黑人之學)、種族(猶太裔作家)、性別(婦女作家)和特別感性(南方文學)等組別分題討論，可見在編輯人眼中，美國文學是有界線可分的。

這也等於說少數民族後裔雖在美國生長，但並不一定繼承得了霍桑或海明威這類主流作家的文學傳統。

譚恩美決定不寫「別的經驗」，選擇對了。

看了《喜福會》和《灶神娘子》後，我相信譚恩美母親對女兒創作生涯扮演了非常吃重的角色。湯婷婷的母親也有相同的貢獻，但比重輕些，因爲《女鬪士》和《金山勇士》的素材，有不少地方借重了中國的神話與傳說，這一點前面已提過。

所謂「喜福會」，就是麻將俱樂部。方城之戰，正是各會員互道身世、交換東西家長短情報的場合。「小說圍繞着幾對三藩市華裔母女，以她們生命中無法忘懷的際遇爲焦點。母親的故事共有兩組，女兒的故事也有兩組」。譚恩美的年紀和經驗，足可自挑大樑講述女兒的故事，但母親部分，因全涉及近代中國的苦難，大概得靠作者的媽媽「現身說法」。譚恩美沒有像湯婷婷一樣把屈原或杜子春等人的「掌故」扯來胡湊，說的全是自己創造出來的或母親說給她聽、經她過濾過的故事。

書中的母親，既來自中國，因有望子成龍的習慣。其中一個因女兒屢在象棋比賽中獲冠軍，意氣風發，在唐人街不論遇到張三李四，都向人炫耀說，「這是我的女兒！」

這種行爲教在美國長大的女兒受不了。有一次終於忍不住頂撞她媽媽說：「你爲什麼老拿我來出風頭？你要出風頭，爲什麼你自己不學學下棋？」

聲音和對話都「眞」得可以，這也是譚恩美較湯婷婷有親和力的地方。讀她的小說，雖經驗背景與書中人不同，但因情景寫得眞切，每能感同身受。她的對白也比湯婷婷經營得恰如其分，講故事的能力也比她強。

鄭樹森訪問附錄了《喜福會》一個中譯片段，講做女傭的媽媽怎樣痴望自己的女兒成爲中國的秀蘭・鄧波兒。只可惜文字太短，沒有交代這個媽媽，怎樣爲了給不好音樂的女兒有個學鋼琴的機會，以自己勞力跟一個退休鋼琴老師交換：她替他打掃房子，他提供鋼琴每天教女兒兩小時的課。

「這位老師，「像貝多芬一樣」，是個聾子。女兒每天裝模作樣，亂彈一起。不知就裏的貝多芬後人，看到她手指亂舞，連聲叫好。淺淺幾筆，道盡兩代人的隔膜和辛酸。

譚恩美還有一個別家所無的特色：洋溢的幽默感。這特色在《灶神娘子》中發揮得淋漓盡致。話說敍事人有一阿姨名海倫，察其言談，「三姑六婆」之流也，且看她說話的德性：

「中藥可治百病，」海倫阿姨一本正經的說：「本人認識一位女士，患了一種婦科癌症。她呀，在這兒看過醫生，全無起色，去教堂禱告，一樣不靈。最後她去中國就醫，每天喝草藥──咳，好了！後來她得了肺癌，也是吃中藥治好的。」

「她吃的是什麼藥？」

「唷！這個我就不知道了。她只告訴我那東西難喝極了。現在問她也來不及了。她已中風死啦！」

4

中藥是否可以治百病，作者不必表態，反正人死無對證，那位女士的癌病是否因草藥而痊癒，也無法深究。不過從上面引文可看出譚恩美對中國與中國人的情感，跟趙健秀有顯然不同的地方。趙健秀對中國的歷史與傳統，基本上是否定的。譚恩美的態度像個身不由主的旁觀者，事事存疑，但夾著寬容與諒解。

她小說中的女兒，在美國出生長大，因此對母親那一代人皆存著的種族偏見、迷信思想、封建意識和價値標準，無法接受。母女因意見不同而口角有之，但從不因此感情破裂。母親的話聽不下去，女兒要不是顧左右而言他，就是唔唔呀呀敷衍了事。

鄭樹森指出《喜福會》中的女兒「表面順從，但其實是出於憐惜和親情，而不是理性的接受」，就是這個道理。

這種母女關係在《灶神娘子》，更有新發展。女兒腿上患了「多發性硬化」症，爲了怕媽媽大驚小怪，遲遲沒有告訴她。母親也有「秘密」。因爲自己身世悠悠（重婚），一直沒有向女兒言明她的生父是誰。

後來當然眞相大白。到結尾時，海倫阿姨告訴在書中充當女兒的敍事者說，她媽媽和自己將有大陸行，目的是爲她訪尋治硬化症的中藥，但這個動機不想告訴女兒。此行的藉口因此是：海倫阿姨裝著有隱疾；敍事者的媽媽不想海倫形單影隻的飄洋過海，決定陪她上道。敍事者呢，最好以與阿姨作伴爲藉口也跟著來──雖然眞實的理由是陪同爲了女兒疾病去遍訪名醫的媽媽。

「我忍不住笑起來，」敍事者這麼記述當時的反應：「給這些瞞天過海的謊言搞糊塗了。但也許這不是謊言，而是她們表達對別人忠誠的一種方式。一種超乎我理解能力的、不可言傳的奉獻。」

說謊不是教科書鼓勵的行爲。但女兒面對盤根錯節的中國人情社會，只好投降了。海倫阿姨問她這個「秘密」有沒有意思，她回答說：「有意思極了。」

究竟是不是有意思？她自己也不知道，但她覺得做對了。

「做對了」的事不一定符合自己的信仰和原則，因此我們相信這女兒本質上並沒有跟她媽媽的思想認同。她如果跟著去大陸，不過是討她歡心而已。既可說是孝道，但也是人情社會人際關係的常規。

譚恩美不是大作家。她小說難能可貴的地方是不賣雜碎。《喜福會》和《灶神娘子》的價值獨特。狹義的說，這兩本小說可以幫助美華社會新舊兩代溝通，但華人父母傾力製造秀蘭・鄧波兒的現象，又何止發生在《喜福會》的一家？天下中國的父母心總是相同的。

以此言之，譚恩美通過原著與中譯，成了新生代的代言人：她好像替孩子向父母大聲呼喊：別再給我們壓力了，讓我們選擇自己的事業、婚姻、親戚和朋友吧。

這是譚恩美的特殊成就，也是美華文學一個新起點。

史景遷域外鈎微錄

一七二五年十月十二日　星期五

「他在客廳入口處站着，探頭看了一會。室內有十來個神職界人士坐着。精神病院的警衞，給他穿上衣服。自牢房解押他來後，一直就守在他旁邊，怕的就是他亂性子動粗。他們沒有告訴他誰要見他，因爲他不通法文，而他們又不懂中文。

「胡若望在 Charenton 精神病院幽禁了兩年半，衣服早已殘缺不全……。凌亂的長髮，垂到肩上。『他的臉像從墳墓發掘出來的屍體』，當日坐在客廳的高維爾（Pierre de Goville）神父三天後這麼記載道：『而且，由於他的體格與面相都缺少足以修正他目前形象的特徵，他看來只像個浪子或餓壞了的叫化子，一點不像個中國的文人。』

「胡若望一聽到高神父用中文跟他打招呼，馬上眼前一亮，顯得極爲欣慰的樣子。就在這一瞬間，他看到高神父背後懸着各種金架聖像的牆上，是一個巨型的十字架。他用手指了一指，好像怕別人沒有注意到似的，然後屈膝跪下叩了五次頭。跪拜禮行過後，他才站起來，雙手抱在胸前，跟室內衆人點首爲禮。經過這番折騰後，他才聽從衆人的勸導，坐了下來。

「胡若望與高神父談了一個多鐘頭。高神父中文說得流利。他在廣州和附近地區居住了二十三年了。有一段時期當地的英商找不到肯替他們當翻譯的中國人，靠的就是高神父的幫忙。胡若望坐下後，高神父就向他提出好些問題。他爲什麼寒酸得這個樣子？幾乎赤身露體？傅神父（Jean-Francois Foucquet）既然把他從中國帶到法國，總會有一份合約之類的東西給他吧？胡若望回話時滔滔不絕，說個不完。最後高神父問他還有什麼話要說。他問道：『爲什麼把我關起來？』」

上面引文，出自耶魯大學歷史系講座教授史景遷（Jonathan D. Spence）一九八八年的著作《胡若望的問題》（*The Question of Hu*）的第一章。我不厭其煩的翻譯出來，因爲非此不足以介紹史景遷這派史家特殊的史筆。這種史筆，行家稱爲 compositio loci，用我們自己的話講，是憑想像力去重組現場。

執筆爲此文時，剛好收到七月號（一九九一）《遠見》，內有黃俊傑教授大作〈活歷史、大歷史〉，是介紹黃仁宇名著《萬曆十五年》中文本的書評文字。事有湊巧，黃俊傑也劈頭引了黃仁宇一段文字作爲「活歷史」風格的佐證：

> 嘉靖皇帝讀罷奏疏，其震怒的情狀自然可想而知。傳說他當時把奏摺往地上一摔，嘴裏喊叫：「抓着這個人，不要讓他跑了！」旁邊一個宦官為了平息皇帝的怒氣，就不慌不忙地跪奏：「萬歲不必動怒。這個人向來就有痴名，聽說他已自知必死無疑，所以他在遞上奏本以前就買好一口棺材，召集家人訣別，僕從已嚇得統統逃散。這個人是不會逃跑的。」嘉靖聽完，長嘆一聲，又從地上撿起奏本一讀再讀。

即使黃仁宇不及時點名，大家也知道這位先買好棺材、再上疏「吏貪官横，民不聊生，水旱無時，盜賊滋熾」的痴人就是海瑞。海瑞犯顏上諫這史實，本身已具有強烈的戲劇色彩，正是寫「活歷史」的好材料。

海瑞是知名的歷史人物，但胡若望是誰呢？史景遷在序文開宗明義的說：「也許有關胡若望最不尋常的一點是：我們對他的生平一無所知。在中國傳記文學的傳統中，有關學人、政治家、哲學家、詩人、大仁大勇之士和遁隱江湖的任誕人物，都有案可考。即使商賈之流，如以善舉聞於世，亦有紀載。一介武夫，若因守土有功，或平亂知名，均可入史籍。但胡某什麼都不是。他僅是個惹人生氣，而且顯然又是其貌不揚的人。

他家無恆產。親友亦無顯貴之輩。就敎育而言，僅可說粗通文墨，除可做些抄寫工作外，別無所長。……」

這樣一個對胡若望的評價，算不算公正呢？有關他身世的中文資料，除了一封他一七二五年十月寫給傅神父的信外，據史景遷說就再無片紙隻字。此信現存梵蒂岡檔案中。依影印本看，胡若望的中文程度，在當時的標準來說，的確僅「粗通文墨」而已。

胡某（原名不詳，若望僅是受洗時的聖名）既是庸才，那麼傅神父爲什麼還雇用他作文書，帶他到法國去抄寫經文，最後覺得胡某極難控制，迫得請警方把他關在精神病院？這就是《胡若望的問題》全書的關鍵。史景遷根據的資料，僅得傅神父爲自己清譽辯護而寫的「紀實」（Récit Fidèle），詳述他與胡某結識的經過。另外一個資料來源就是傅神父和高神父二人在一七二四至二五年間有關胡某問題的通訊。

胡若望不是徐光啓（一五六二——一六三三），他生平事跡怎値得傅神父爲他「紀實」？原來胡某經高神父解救出院後，一七二六年回到廣州，可是在巴黎和羅馬兩地，謠言四起，說傅神父怎樣怎樣虧待了胡若望。

適巧那時傅神父升任主敎不久，這個惡名，剛作敎廷新貴的「傅罷德肋老爺」（這是胡信上對他的稱呼），怎受得了？

這就是「紀實」的緣起。史景遷在序言說，傅罷德肋（玆隨胡若望對他的稱謂）最值得稱道的地方，是不爲自己的作爲文過飾非。也就是說，他爲胡某立的檔案，把對自己不利的資料也收了進去。

現在簡單介紹本書內容。原籍江西，在廣州附近鄉村誕生的胡若望，離家赴法那年（一七二一）是四十歲。妻早喪，遺下一子。母親在堂。

本書雖以胡若望爲題，但對早期漢學史有興趣的讀者而言，眞正有史料價值的卻是傅神父。他出身法國望族，一六九九年就到了中國。跟一般早期耶穌會神父一樣，「傅罷德肋老爺」也是個飽學之士，對《易經》自認有獨得之見。譬如說，他相信《易經》不是人類的創作，而是天主傳給中國人名副其實的「天書」。

他這一「學派」，同道中人亦有不少認爲走火入魔者，高神父就是一例。此中細節，因不是史景遷敍事重心所在，故沒有詳細交代，但有心人欲知究竟，可參看 D. E. Mungello 皇皇巨著《玄妙的天地》(*Curious Land: Jesuit Accommodation and The Origins of Sinology*)，玆不贅。

且說傅神父一七二〇年十一月奉召由北京到廣州，候船返國。他在中國已躭了二十二年，藏書千萬卷，而上司只給他八天時間收拾行裝，其狼狽可知。到了廣州，船期一誤再誤，這倒不必提了，最急待解決的問題卻是一個可以跟他一起去歐洲，幫助他完成抄寫工作的中國助手。

一七二二年十二月三十一日。

幾經折騰，廣州區的道長終於介紹了一位名叫胡若望的教友來應徵了。傅神父發覺此人「皮膚黝黑，形容猥瑣」，但他來得正是時候，因此一拍卽合，五年的合約也就簽了。傅神父除了付他年薪白銀二十兩外，還供他膳宿和來回路費。

合約本應各存一份，但胡某拒絕收下自己名下的。他說他不需要，因爲他對傅神父有信心，由他一起保管好了。

年薪白銀二十兩是多少？從一七二二年元月十三日那條日記式的紀錄可看端倪。

他們在船上。傅神父與船上的法國高級船員相處甚歡，因此吃飯時與他們平起平坐。胡若望呢，只能與高級船員的下屬同進退。以收入而言，這倒合理，因爲胡若望的「月薪」，如以法郎算的話，相當於八法郎。在船上資歷最淺的水手，最少也月入九法郎。

胡若望一句法文也不通，更不識吃西餐時的基本規矩。菜一上桌，他就「自便」，常常把人家的那一份也吃掉。文盲跟文盲交涉，有理說不清，所以有時大夥兒只好動粗，制止他吃過了頭。

史景遷這本「活歷史」，不算註，也有一三四頁。我前面說過，胡若望不是徐光啓，因此發生在他身上鷄毛蒜皮的事，在我看來，大不了也是鷄毛蒜皮，沒有什麼見微知著的特殊意義。如果史景遷不受史料限制，把胡若望當純小說人物處理，那作別論，因爲史氏英文造詣，登峰造極，每化腐朽爲神奇，行家一致推許。譬如說，胡若望的吃相和「吃過頭時」怎樣引起公憤，如果史景遷不是史家而是小說家，文字一定更爲精彩。

好吧，既然胡某在第一章就問高神父「爲什麼把我關起來」，總得給讀者一個交代。依傅神父的記載，此君自從廣州上船開始到歐洲，行動作爲每出人意表。一七二二年八月二十九日，傅神父和胡某在路易港（法國）一權貴家中作客。大概看到主人家往來無白丁吧，傅神父挑了個好裁縫，給胡某做了一套深咖啡色的西裝和相配的大衣。

幾乎從第一天開始，胡某就給主人家添麻煩。人家給他在二樓安排了一個單人房。晚上睡覺時，他覺得房間太悶熱，把窗戶全打開了。他又嫌床架太高，把床墊拆下來，睡在地上。第二天家丁按照「家規」，把一切恢復原狀時，他又不客氣的我行我素。

主人的女管家，五十來歲，照「規矩」說，是跟胡某一起用膳的。可是胡某拒絕跟異性同坐，一看見管家進來，要不是揮手「逐客」，就是自己掉頭而去。

九月二日那天，胡某站在自己房間的窗口，看到有人騎馬而至，把馬拴好後就到屋內辦事。你猜，從未騎過馬的胡某幹了些什麼驚天動地的事？他乘人不覺，「借」了人家的馬到外面散心去了。馬主等了半天還不見胡某的影踪，只好到每個角落去找。傅神父說他不是時，他毫無悔意，反口問道：馬反正閒着，別人爲什麼不可借用？

路易港的居民開始稱胡某爲「唐・吉訶德」。照傅神父的估計，他自登陸以來，只做過六小時左右的抄寫工作，這怎是要拿工資的人應有的工作態度？傅神父開始盤算着，該不該這個時候就打發他回國，以免再節外生枝？

同年九月十五日：傅神父告訴他要坐馬車離開路易港。胡某堅決反對：他不要坐馬車。他要沿途討飯，當叫化子，步行橫渡法國。

九月十七日：到 Vannes 途中，他們在一小客棧停下來午飯。有一叫化子看到傅神父那夥人，跑進來伸手向胡某要錢。胡某倏地站起，把身上穿着那件新做不久的深咖啡色大衣脫下給了那討飯的。傅神父着隨從命叫化子交回大衣。那隨從應命，一鞭向他抽去，他就乖乖的把大衣交還胡某。但胡某大聲嚷道，他絕不會收回，這輩子再不會穿這件大衣。

一七二二年十一月二十五日

他們到了巴黎。胡某一天對傅神父說：「巴黎是天堂，人間的天堂！」平時難聽到他說這種恭維話。

傅神父安排他住在一對英國夫婦家裏。他睡覺的習慣不改：窗子打開，床墊搬到地上來。十二月上旬，他做夢夢見母親死了，嚎啕大哭起來，雖然傅神父和他房東夫婦勸說夢不是事實，他日夜還是叫喊不停。

他的房子髒亂不堪，房東女兒要進來替他整理，他趕她出去，恐嚇她說她再來干擾他，他就會動粗。有一天，房東因事要離家一天，擔心太太和女兒的安全，只好把胡某的房子從外面鎖起來。但最後他還是破門而出。

他現在說英國房東給他的伙食實在太好了，他不需要吃那麼多。他又重申前意，他要沿途化緣、討飯，徒步漫遊法國。有時他走到街上伸手向行人要錢，拿到了就買麵包，盡往衣袋塞，在路上和廣場上邊走邊吃。

胡某在英國人家居住期間最教人匪夷所思的一節，是他居然用中文跟法國人傳起教來。大概爲了打發時間，他偷偷的做了兩個小「玩具」。一個直徑六吋左右的鼓和一面一尺寬的旗幟，上書四個大字：「男女分別」（nan nu fen bie原文照抄）。

他做這些「玩具」幹啥？你看，他一手擊鼓，一手打著「男女分別」的鮮明旗幟，直奔聖保祿（保羅）教堂方向走。街上的閒人，爲鼓聲和胡某獨特的相貌所吸引，竟然一個接一個的跟着他屁股走。

就在聖保祿教堂的大門前，胡某一面招展旗幟，一面用中文振振有詞的傳起「男女有別」的「孔孟之道」來。

胡某的「法國經驗」，在一七二三年五月六日那天告一段落：他被關進精神病院以瘋子看待。若非跟傅神父持「相反意見」的高神父及時回到法國營救，《胡若望的問題》可能是另一種結局。他是一七二五年十二月五日獲釋的。

一七二六年十一月初，胡某回到廣州，第一件事就跑到教區主持處追討「欠款」。他說傅神父爽約，答應每年二十兩銀的工資從來沒給過他一分錢。爲了怕他吵下去，主持人先墊給他一個數目。

他母親還健在，告訴他這幾年間，除了教堂循例發給的一些賑濟外，再沒有拿到其他好處。他的兒子也長大了，跟主持教區的神父在廣州的教會工作。

他站在教區的會所外面大聲喊話，吸引了不少好事者駐足旁觀。於是，他告訴自己的同胞歐洲行如何如何，這樣那樣，某某神父食言而肥，等等等等。當然，他沒有說自己也有失職守，他全部抄寫的工作成果，依傅神父的估計，旁人一兩天就可以做完。

胡某詞鋒凌厲，話更滔滔不絕。街頭羣衆，越聚越多。主持神父眼看形勢不妙，警告他說如不住口，只好請「差人」來收拾他了。

胡某答曰：還我錢來。

「欠款」最後還是悉數付給胡某。錢到手後，胡某盡情購物，買了不少衣服，然後「衣錦榮歸」帶着母親和兒子回到廣州附近的鄉下。

書的結尾有這麼一條看似補遺式的記載：胡某的兒子受不了父親所做的種種姿態，最後離開了他，轉到澳門的教區去工作。

連兒子也受不了父親的言行，其爲人可想而知。當然，如果我們要爲胡若望主持公道，我們應該要問：他爲兒子所不屑的「姿態」，除了淺薄與庸俗外，還有沒有眞正屬於敗德的地方？但由於此書素材所限，這種問題近於苛求。胡若望分別對傅、高兩神父作過告解。本來，這兩次告解的內容說不定可補作者敍事採「一面之詞」之不足，但由於天主教教規所限，告解相當於對天主所說的話，公開不得，胡若望究竟是怎麼樣一個人，只能靠現存的檔案去判斷了。

那麼，史景遷個人的看法如何？他在序言說，他不認為傅神父對付胡某的手段是合理的（大概特別指出動警方把他關在精神病院），但照現存的紀錄看，這「案子」的勝訴人恐怕還是這位耶穌會的神父。

茲就胡某問題，略陳己見。

此公國學僅粗通文墨，西語一竅不通，那裏來的勇氣遠涉重洋替人家抄經？依我看來，虛榮心、好奇心、變換環境與改善生活的慾望均有之。

先說前二項。康熙年間，在中國的西方傳教士尚可享利瑪竇餘蔭，朝廷頗禮遇。就在胡某放洋前一年，有山西籍范路易者（Louis Fan譯音）自歐洲返國。跟胡某一樣，范氏也是以助理身分受僱於一神父出國的。不同的是，他在歐洲時勤習拉丁文和其他外語，最後「受戒」，成為神父，並兩次奉召覲見教皇。他在歐洲躭了十年，飽覽異邦湖光山色，熟嫻域外風土人情，不在話下。回到廣州後，他成了「新聞人物」，先蒙兩廣總督召見，最後奉詔北上叩見康熙。

范氏歐洲見聞，寫成遊記。胡某既是教會中人，又略通詩書，范氏的遊記卽使沒機會看到，但有關他各種「風光」事跡，一定聽過不少。據傅神父的紀錄，胡某對能有機會朝見教皇一事，顯得非常熱衷。另外還有蛛絲馬跡。前面說過，胡某曾多次向傅神父表示，要安步當車，以行乞討飯的方式浪遊法國。神父起先不解，後來猜想他大概是日後要寫遊記。

這裏要補充一點：胡某有多次離「家」出走的紀錄，傅神父費盡好多心機，到處託人幫忙，才把這「浪子」找回來。看來他要做行腳僧的願望，不是說着玩的。爲的可能就是要像范路易那樣寫遊記。

變換環境、改善生活。胡某在放洋前，是教堂、教會會所和宿舍一個「大雜院」的看門人，職責是防止「閒雜人等」進來惹事生非。他拿多少工資，沒有記載，不過照常理測度，傅神父答應他「出差」的條件，一定比原有的職位豐厚就是。

這麼「豐厚」的年薪（白銀二十兩），後來和船上經驗最淺的水手相比，還是差了一截。但這數目對胡某當時的環境說來，可能是個吸引，且不說膳宿路費俱由僱主包辦了。

我想，這就是胡某放洋的「原始心理」。

那麼，他是不是瘋子？當然不是，單看他「衣錦榮歸」之日在廣州教堂前面「撒野」的手段，就曉得他清醒得很。那麼，他在前文所述各種出人意表的舉動，又有什麼解釋呢？在我看來，這是由於他一直不肯唸外語，無法與外界溝通，以致造成自我封閉症的結果。

說到吃飯規矩，不但「華夷有別」，更有地區性之不同。如果傅神父事先沒有把法國人的「吃法」傳授胡某，他在船上與水手共餐時「飛象過河」的犯規舉動，也就不足爲怪了。

以上各種臆測，並無爲胡某「出洋相」開脫之意。我不過是「繼承」史景遷的傳統，「以文生事」一番。問題的核心不是我們對胡某的行爲動機揣摩得有沒有分寸，而是——讓我重複老話——胡某這樣一個人物，值不值得我們花這麼大的心血去探討一番。傅羅德肋發憤而寫「紀實」，是替自己「伸寃」。

史景遷呢？他要從一些事過景遷、本已煙消灰滅的歷史塵埃中，重組一個不見經傳，但在他出神入化的筆觸下顯得有聲有色的人物來。這是這位耶魯史家的看家本領。（另一本同類著作是《王氏之死》，*The Death of Woman Wang*。）這種本領，已到了化枯朽爲神奇的境界。書評文字，一般只堪學界清玩，但落在史景遷手裏，只要給予他像 *New York Review of Books* 這類刊物提供的篇幅，他寫來一樣引人入勝。

黃俊傑在前面提過的文章裏指出《萬曆十五年》受史學圈外人稱道的因素爲：「一般的史學論著，除非同行的專家，讀來多半詰屈聱牙，古注今疏，三步一崗，五步一哨，即使勉強終篇，也往往難以領受。……《萬曆十五年》的寫作，適切地掌握了學術的嚴謹要求和敍事的生動活潑之間的分際。黃仁宇的文字有歷史小說的臨場感，卻沒有小說家的穿鑿附會。」

這些「歷史敍事藝術」的優點，在史景遷著作中包羅萬有。可是黃仁宇寫的「活歷史」

跟史景遷最大的分野是：前者用的，多是第一手資料，而後者除了一九六六年出版的 *Ts'ao Yin and the K'ang-hsi Emperor, Bondservant and Master*（衍生於博士論文，講的是曹寅與康熙帝的「主僕」關係）引用過有關中文資料外，以後的五六本書，參考書目中，鮮見中文典籍。

像胡若望這樣一個在本國身世渺不可考的人物，史景遷依靠歐洲語言資料去鈎沉，胡某有知，應該感謝他再造之恩。

但私意以爲，要用活歷史的敍事藝術去「講史」可以，但原始資料的運用卻不可或缺。史景遷前幾年的暢銷書《天安門》（*The Gate of Heavenly Peace: the Chinese and Their Revolution, 1895-1980*），範圍涉及中國人近百年的革命經驗，文筆生動，氣象萬千，唯一的憾事就是第一手資料付諸闕如。

去年出版的《追尋現代化的中國》（*In Search for Modern China*，由晚明寫到一九八九年六四事件），情形亦復如是。

史景遷的新作一出版，像《華爾街日報》和《洛杉磯時報》這類大衆傳媒，多捧場如儀。一來這類書評人多不通中文，二來作者文字確有攝人魔力，事出有因也。

我既然直陳史景遷著作的缺失，現在卽使我再說對他的歷史敍事藝術怎樣佩服得緊，想也難補過。不過，公平的話還得要說：史學「圈內人」對他的著作即使有保留，整體來講，他對「中國研究」這科目的貢獻，功不可沒。

原因簡單，在學術研究嚴重受到「市場經濟」影響的今天，一門科目在大學裏的榮枯，往往取決於就讀學生人數之多寡。

史景遷的「活歷史」，能夠多吸引一個「圈外人」欣賞，說不定就會給中國研究增添一名未來的「漢學生」。

以此觀之，《胡若望的問題》記的雖是鷄毛蒜皮（我個人偏見），也有其獨特的存在價值。

儒路歷程

吳百益 (Pei-yi Wu) 在其新著《儒路歷程：中國傳統自敘傳文》(*The Confucian's Progress: Autobiographical Writings in Traditional China*) 的小引說道：「一九六九年我偶然看到兩本十七世紀的中文自傳……一下子就著了迷，乃決定再找些來看。那時候的漢學界對這個題目並不熱衷。現在情形也好不了多少……。」

他爲了進一步研究，過去十多二十年來一直搜集有關中國人自傳性的資料。工作可想相當煩瑣，雖然坊間那時已有像郭登峯《歷代自敘傳文鈔》這類集子出現。但據他自己說，困難不單在這類文字無一定線索可尋，更費思量的是，各式各樣的「原始」資料都找來歸檔了，一下子又不知怎樣爲這種不入經史子集的稿件劃眉目。研究中國舊詩，自有傳統詩學作規範。即使讀傳統小說，也有「讀法」指引。

但一涉入像「自製塔銘」、「自作墓誌」、「自誌」、「自序」、「自述」這類名目雖繁，但性質應該相近（吐露自己心聲）的文字，熟悉西方自傳文學傳統的學者如吳百益，難免感到困擾。

一二八一年，元世祖忽必烈動員了四千五百多條戰艦、十餘萬士卒東征日本，後因扶桑之地得「神風」庇護，中韓聯合艦隊全軍覆沒，是大家皆知的事。僥倖生還者僅三人，而以《吳逸士宋無自誌》傳世的宋無是其中之一。

處於宋無時代的「自誌」作者，一般以誌客觀事實為職志，個人切身感受，反覺不足為外人道。果然，吳百益通覽全文，要等到快結尾時才知道宋無是此役僥倖逃出生天的目擊者之一。

中國人的自傳文學作者為什麼這樣羞於露己？照吳百益看來，是受了太史公以來的史傳文學模式的影響。《史記》有本紀、世家和列傳等記述歷史人物的文學和格式，但司馬遷沒有給我們留下什麼自誌和自述，雖然我們可從〈報任安書〉得知他個人的襟懷氣慨。

太史公的傳記，用的是史筆，只有在篇末評語才偶然夾雜個人看法。這種以事論事的精神因此得到班固的贊揚：「其文直，其事核；不虛美，不隱惡，故謂之實錄。」

自傳文學既衍生於史傳模式，內容和體裁無形中也受此限制。吳百益也因此捉摸到宋無

《自誌》文直事核的底因。他說「經驗」是純屬個人的，正如「觀感」是完全主觀的道理一樣。這正是事事力求客觀佐證史家之大忌。

史傳文學若如《中國古典傳記》（上海文藝出版社，一九八二）編者所言，有垂範後世的作用，「把最高的讚譽給予那些仗義抗暴、視死如歸的勇士」。難怪有言志衝動的文人，只好採取別的途徑遣私衷了。依吳百益說，歷來文人的內心世界，多委托詩詞來表達。另外一條管道是紀夢。既言是夢，當然不必「客觀求證」。

當然還有書信體的文字。〈李陵答蘇武書〉雖疑爲六朝人僞作，但其間流露的感情，極具自傳文學的要義。書信之適宜談心事，一來作者不必著意垂訓什麼，二來「讀者」只限一人，說話理應百無禁忌。「性復疏懶，筋駑肉緩，頭面常一月十五日不洗，不大悶癢，不能沐也。每常小便，而忍不起，令胞中略轉乃起耳。」稽康〈與山巨源絕交書〉，不外數千言，盡納自傳文學之旨趣。

吳百益在這浩繁的卷帙中，找的就是吉光片羽。這就是他續李清照〈金石錄後序〉時，感動於衷，喜出望外的理由。「趙、李族寒，素貧儉，每朔望謁告出，質衣取半千錢，步入相國寺，市碑文果實歸，相對展玩咀嚼，自謂葛天氏之民。……余性偶強記，每飯罷，坐歸來堂烹茶，指堆積書史，言某事在某書某卷在某頁某幾行，以中否角勝負，爲飲茶先後。中即舉杯大笑，至茶傾覆杯中，反不得飲而起，甘心老是鄉矣。故雖處憂患困窮而志不屈。」

李清照現身說法，寥寥數筆，讀者便可從中體味到這位女詞人的閨房樂趣和她與趙明誠間鶼鰈之情。筆法之細膩，不讓沈復之《浮生六記》。然而，我們可別忘了，此文的題目不叫「閨房記趣」，而是學究味極濃的〈金石錄後序〉。

吳百益所做的披沙瀝金的工夫，由此可見一斑。

本書所引資料包括儒釋道，然題目卻稱《儒路歷程》，乃因儒家落墨的地方最多。作者認為國人雖有「三省吾身」的習慣，但見諸文字紀錄的「悔罪」之作，在王陽明良知說風行草偃前並不多見。由是得〈儒家與良知〉一章，以王陽明弟子王畿的〈自訟〉為代表作。

《儒路歷程》涉及的資料，以十七世紀末（一六八〇）為終點，也就是說，並沒有特別騰出篇幅詳細討論《浮生六記》。為什麼略此不論？光看他引 Paul Jay 論自傳文學的一段話：自傳應有「訴衷情、入冥思、懷過去這些特質；文體看似無拘無束；抒懷不避身邊瑣事；筆尖常帶情感，何妨想入非非」。

吳百益說若拿這標準看，那麼他所看過的從一六八〇年至《浮生六記》「出土」前的自敍傳文，無一達此境界。

《浮生六記》因此是中國傳記文學一大異數。正因此作不同凡響，吳百益說應等將來有機會再作獨立處理。

這是一本別開生面而又極切時需的學術著作。他年吳百益再不必應付美國大學「強迫出版」的壓力時，眞希望他爲中國讀者準備一個中文本。

魯迅說哪門子的英文？

「翻譯作品，應隔代更新。」這句話不知是誰先說的，若不深究，乍聞之，倒有幾分道理。一代實算多少年，沒有標準。字典說是從初爲人父母到做祖父母那一段時間，因此若從生理的程序說來，約爲二十年。

二十年的代溝，價值觀念父子兩代難有共識且不說，就口語習慣言之，有時也相當隔膜。除了代溝，語言也因地區而變化，最少在大陸的情形如此。你住學校賓館，工友進來給你 clean your room，若譯文在臺灣或香港見報，大概不外是「給你打掃房間」或「清理房間」之類。可是在大陸，據說規矩不同，他們不打掃房間，只負責「搞衞生」。

以此意識說來，翻譯作品，隔代更新，亦言之成理，雖然就我個人來說，口語追得上時代，並不一定合我口味。英譯《聖經》，我還是喜歡看老皇曆時代的譯本。但這是題外話。

中國文學英譯，除了傳統的經典作品有譯本的選擇外，能夠有翻譯可用，已算難得。現代文學部分，更是如此。

五四作家的小說，有幸全數英譯的，魯迅是其中一位。《吶喊》與《徬徨》，早有楊憲益、戴乃迭的譯本。一九九〇年秋天，夏威夷大學出版了賴歐爾（William A. Lyell）教授譯本《狂人日記：魯迅小說集》（*Diary of A Madman And Other Stories*）。

翻譯是吃力不討好的事，行家知道，不必多說。魯迅小說既有現成翻譯，賴歐爾卻不計較，決定再讓這位作者輪廻轉生一次，投生到自己筆下來，當然有他的理由。

楊憲益夫婦的譯筆是「英式英文」，而賴歐爾的英文，卻是「美式」。這多少湊合我上面提到翻譯作品隔代更新的推想。楊氏夫婦的翻譯，對象是一般讀者，因此不落注腳。他們對魯迅敍事時爲了情節需要而起的文體變化，明知無法在譯文中作相對的處理，只好一氣呵成，以流暢通順的英文出之。

比對而言，賴歐爾譯文仔細得相當「學院派」。他下筆時常問：如果魯迅的母語是美式英文，這句話他會怎麼說？

這種假設，在理論上說得通，但給賴歐爾「實踐」起來，大有商榷餘地。譬如說，阿Q與王鬍吵架，後者動起粗來，阿Q馬上一本正經說：「君子動口不動手！」

這句話，可能出自經典，但正因通俗得引車賣漿、三姑六婆都可以琅琅上口，譯文不必過分拘泥，以《論語》、《孟子》引言視之。

楊氏翻譯，直述其意：A gentleman uses his tongue but not his hands!

可是在賴歐爾的「假想」下，阿Q居然說出聖經體的語言來：His fists need never be swung, for the gentleman useth his tongue.

一句王鬍也聽得明白的話，經過賴歐爾的傳譯，竟成了「君子兮動口，不動手兮乎哉」的新騷體，聽得王某莫名其妙，也一定佩服得緊。

在中文刊物寫文章，非萬不得已，不宜多引外文。我正遇上萬不得已的情形，望讀者包涵則個。

大家想必記得〈狂人日記〉的幾百字引言是文言，正文是白話。這種差別，原文讀者可能從中體味作者別具用心，如果譯文也能顯出相當效果，誠為上策。可是，有過中譯英經驗的人都知道，五言七言、唐詩宋詞，翻譯起來，在格式上沒有什麼拳腳可展。

翻譯文言文和白話文，是否應用兩種不同的文體？理論上是需要的，但楊氏夫婦一定經過考慮後，決定放棄，因此下面的句子他們譯成現代英文：

某君昆仲，今隱其名，皆余昔日在中學校時良友；分隔多年，消息漸闕。

楊譯：Two brothers, whose names I need not mention here, were both good friends of mine in high school; but after a separation of many years we gradually lost touch.

這兩句英文的「時代氣息」，與譯日記的文字，渾然相承，不分軒輊。國人的書信，今或偶以文言出之，偏好如此，大家見怪不怪。但今天英國人也好，美國人也好，動筆爲文，除了寫小說非得擬古，想不會再發思古之幽情，寫起維多利亞時代的英文吧？

〈狂人日記〉的昆仲與「撮錄一篇，以供醫家研究」的好事者，同屬一個時代的人，英語讀者看到賴歐爾這樣翻譯「好事者」的前言，諒會把他誤作昆仲向故友顯靈：

There was once a pair of male sibblings whose names I beg your indulgence to withhold. Suffice it to say that we three were boon companions during our school years. Subsequently, circumstances contrived to rend us asunder so that we were gradually bereft of knowledge regarding each other's activities.

作爲現代傳播工具，文言文自有局限，但若意境不朦朧時，好處也有目共睹。「今隱其名」用相當的白話文化之，少說也要七八個字，如「名字不必說出來了」之類。

可是讀者若拿上列二家翻譯比對，賴歐爾的譯文，效果適得其反。原文的簡賅，淪爲白話的囉嗦。「分隔」譯爲 rend us asunder，下手似嫌過重，而應點出來的「多年」，卻沒有交代。

行家看了這種架床疊屋的翻譯，會明白這是譯者作繭自縛的結果。他一心要在這段文字傳古趣，但今天一般讀者，看到像 bereft of knowledge 這種句子結構，大概只知其趣，而不知其古。

上面舉的，都是我認爲賴歐爾爲了遷就自己理論而影響自己文筆的偏激例子。整體而論，他的翻譯並無其他類似發明。我個人覺得，這種翻譯擬古之風不可長。如果執意要用「維多利亞體」的英文來介別〈狂人日記〉的文白之別，那麼，翻譯志怪與傳奇小說的「史筆」，恐怕要細分爲古英文與中世紀英語才能應付。

賴歐爾在序言謙稱魯迅口說英譯，有楊氏珠玉在前，他還要試身手的理由，前面已略提過：楊氏的譯筆爲英文，而他自己的是美式英文。二者如何區別？眞是一言難盡。要舉例子，又得列出一段段蟹形文字，怕讀者生厭，總之魯迅說起英文來，也是他媽的南腔北調就是。

華巫之別

我國積弱多年，貧窮與落後幾成日常經驗，在外人媒介刊物中，自然難見往日上國衣冠模樣。但儘管不濟如斯，在老一輩讀過點詩書的外國人中，中國人不盡是陳查禮、傅滿洲之流。蕭乾回憶錄《未帶地圖的旅人》道及珍珠港事變第二天他的經歷。那時他在倫敦，巴士上有人罵他「小日本」。他更正後，那魯漢連忙道歉，拉着嗓門道：「向偉大的中國致敬！……啊，中國，李白的故鄉！火藥的發明者！」

那是半個世紀以前的事。新生代的英國人，恐怕不會有這種世界文化的共識了。他們可能把杜甫誤作豆腐。

但有一點是上述那位「魯漢」看不到的：臺灣、香港和新加坡這三個地區的經濟發展。由於這三區都是華人麇集的地方，論者認爲促成「經濟奇跡」的因素，除了市場經濟配合有方外，儒家思想與價值觀所帶動的自強不息的魄力，功不可沒。

實情有待杜維明與鄭竹園等專家繼續研究。本文旨在介紹一個馬來人對中國人和他自己民族的比較看法，藉以發明中國人刻苦耐勞、進取向上的美德，究竟是儒家文化的影響，還是由別的因素所做成。

一般人的心目中，在蕉風椰雨土壤與氣候長大的馬來人，都懶得可以。拿文化水平看，或工業標準來衡量，他們都事事不如人。爲什麼？馬哈迪（Mahathir bin Mohamad）醫生在出任馬來西亞首相前寫的《馬來西亞的兩難》（*The Malay Dilemma*，一九七〇）就是要解答這些問題。此書第三章論遺傳的影響，開宗明義說：

> 遺傳因素怎樣影響在馬來半島的馬來人的發展呢？這一點尚未有科學專案研究過。對馬來人說來，這可能是個非常難堪的題目，為了不使他們難受，理應撇下不談。但由於遺傳因子對一個種族的發展有決定性的作用，最好還是將因因果果弄個明白，希望通過了解，若干負面的成因可以克服過來。

首先，他肯定種族特徵是世代相傳的，認爲如果不是這樣，那麼每個新生代就會變成另外一個種類。因此，種族的特徵就是遺傳的表記。他引了奧地利遺傳學祖師孟德爾（Gregor Johann Mendel 1822-1884）理論作證：人類遺傳的特徵是父母二人的生殖細胞結合的結果。

遺傳基因分顯性與隱性兩種，照馬哈迪解說，如果父母二人的顯性基因都是獨特的、優良的，子女將會繼承這些優點。血統相近的人，基因也相近。以此理論看，近親結婚，悖乎優生學的原則。馬來亞人的祖先聚族而居，與外界接觸機會少，姻親互爲婚嫁，想是現實情況使然。

巫人原是泛靈論者（animism），後來奉依斯蘭爲國教，使原來封閉的風俗更多了一重宗教信仰的限制。由於回教規矩禁止與異教徒通婚，中國早年雖有大量移民下西洋，但因風俗信仰不同，無法結合異國姻緣。

近親婚姻延續下來的結果是產生了不少低能兒。更可怕的是，馬來人還有早婚習慣。如果「白痴」的是十三、四歲的少女，嫁不出去，最常見的解決辦法是把她「配給」族中的老鰥夫。如此惡性循環，後果不難想像。

除了遺傳問題外，馬哈迪還討論了地理環境對巫人的影響。有關這一點，他引了達爾文物競天擇的進化論作解說。處於熱帶的馬來西亞，土壤肥沃，物產豐饒。由於氣候關係，大家衣着極其簡便。耕種的工作是季節性的，平均一年只消幹兩個月便會家有餘糧。換句話說，馬來西亞在這方面得天獨厚，居民不必勾心鬪角也容易得溫飽。

這跟進化論又有什麼關係？聽來眞有點吊詭，但馬哈迪的話再明白不過：達爾文的論點並非放諸四海而皆準，因爲在馬來西亞，適者固可生存，不適者照樣活下去。天氣酷熱，不宜做思想功夫。在田上工作兩個月，就夠一年吃的，剩下的時間，不是在家休息，就是到鄰居串門子。

外人覺得巫人好逸惡勞，不事生產，就是這理由。

除了遺傳與地理環境外，馬哈迪還把大馬積弱的原因歸咎於英國殖民統治。英人爲了發展大馬經濟，有一時期曾大量鼓勵中國移民到馬來西亞。他們除了看重華人的生意頭腦和刻苦耐勞的性格外，還有分而化之的政治目標：利用華人與土著本身的矛盾作統治的手段。

在英國人統治下的馬來西亞，華人長袖善舞，在經濟上喧賓奪主。巫人呢，能力稍高的就受到殖民政府刻意栽培，讓他們以「小英國人」的身分在小衙門當官員。馬哈迪說對了，幸好當年的中國移民做的春秋大夢，只是希望早日衣錦榮歸返唐山，所以除了發財外什麼都不感興趣。要是他們像土著一樣熱中政治，引他的話說：「馬來人的處境恐怕比今天還要惡劣。」當然，這裏所說的「今天」，是二十年前的事了。巫人今天受到政府保護，成了特權人物，再不「惡劣」了。

現在我們回頭看看這位現任大馬首相對中國人的評價。「中國的歷史是一連串天災人禍寫成的，」他說：「四千年前洪澇成災，後來飢荒與水災交替出現。除此以外，這國家的人民還不斷受到暴君、軍閥與外來侵略者的蹂躪。中國人民的經驗因此是無休無止求生存的鬥爭。在鬥爭的過程中，弱肉自爲強者所食。四千多年下來，這種適者生存的演變一直沒中斷過。」

依馬哈迪看，這種考驗已是「強種」的理想條件，但在遺傳方面，中國人還有令他艷羨的地方：近親不婚的習俗，各族祖宗的優點因此可以結合起來。

這就是馬哈迪眼中「華巫之別」例子之一。語調相當無奈，因爲這不啻承認中國人先天比馬來人優秀。

那麼，華人在大馬各方面傑出的表現，與儒家思想有沒有關係呢？他一字不提。在他眼中，中國人有今天的成就，一半是祖宗遺傳下來的聰明才智，一半是幾千年與惡劣環境鬪爭積聚下來的經驗與求生本性。

用儒家口吻說，這就是憂患意識。

馬哈迪的話是否言之成理？熱帶天氣使人提不起勁，在東南亞耽過的人都有經驗。但是否所有在熱帶居住的人都「好逸惡勞」、「不事生產」呢？如果沒有新加坡的成功例子，他的話也許站得住腳。那麼，新加坡華人不受天氣影響，胼手胝足，櫛風沐雨開闢了今天的天地，會不會全是儒家文化孕育之功？如果事情這麼簡單，那麼馬來西亞這個民族要刷新面目，大可請阿拉讓位（反正回教原非本土信仰），改奉孔孟。

至於中國人是否如首相所說比馬來人「優生」，因不懂遺傳學，只好存疑。但他說中國人歷受天災人禍的磨練才養成「勇猛剛強」的個性，是絕對有道理的。馬來西亞土地上從未出現過中國史籍所載的易子而食的荒年。「當知盤中飧，粒粒皆辛苦」對馬來子弟說來可能是夏蟲語冰，對華人後輩而言，卻是祖傳的記憶。

在大馬長大的華人，即使不讀聖賢書，因故老相傳，也知飢餓之可怕。

要替大陸以外華人所創造的「經濟奇跡」尋求解說，應知飢餓恐懼的說服力，並不弱於孔孟之道。馬哈迪之言，因此有參考價值。

馬來西亞的兩難

《華巫之別》是我根據吉隆坡朋友給我傳眞的資料寫成的。現在收到《馬來西亞的兩難》全書，覺得有補遺與引申的必要。

馬哈迪醫生着手寫《兩難》時，不是大馬首相。一九六九年五月十三日，大馬爆發了華巫種族衝突流血事件，身爲執政黨（United Malays National Organization）黨員的馬哈迪有見及此，乃發憤成書，討論問題的癥結。不料內容過於坦率，觸犯忌諱，不但書不能出版，作者的黨員資格也同時吊銷。

我手上的《兩難》，是新加坡 Times Books International，一九七〇年第一次印刷。一九八九年發行了第十版。

馬哈迪自己也於一九八一年七月榮登大馬首相寶座。

書成雖已二十多年，但今天仍然繼續印行，可見他當年觸及的問題，揮之不去。他以優生學的觀點解釋巫人質素不如華人的根源。但問題雖然點出來了，解決辦法仍是闕如。除非依斯蘭教改了規矩，准許與異教徒通婚，否則「越族而婚」的可能，少之又少。再說，要靠通婚來改良人種，卽使有此科學根據，也要等兩三代才開花結果。

馬哈迪也沒有作此主張，他不過以此學說解釋馬來人落後的原因而已。

五・一三事件既然爆發了，馬哈迪問：「那兒出了錯？」

他認爲禍根出於英國人把巫、華、印三族分化而治的殖民地政策。皇家老爺高高在上的一天，靠着槍桿、靠着英國人擅長的懷柔與籠絡的手段，種族糾紛，無論大小，一紙號令，足可消解。

馬來西亞獨立後，巫人自己當了家。隨着政治權力結構的變動，不少潛伏多時的種族矛盾也表面化。英國爺爺回祖家去了。走馬上任的馬來新官，面對「家變」，毫無經驗，也就束手無策。

馬哈迪覺得要釜底抽薪，捨徹底執行巫統外，別無他法。文字統一固不待言，他希望能夠實現的，是華、印兩族在國家利益的認同上，與馬來人一樣表裏一致。有些話他說得相當辛酸。他說巫、華、印三族，雖同居斯土，但萬一有什麼變故(譬如說政治上出了問題吧)，遭遇不同。華人、印人落難，大部份還可投靠「祖家」，而巫人除原居地外，便無死所。

言下之意，外族人士不必因政府立法保障巫人利益，把他們栽培成為特權階級而眼紅，因為他們跟你不一樣。他們跟這塊土地唇齒相依，除了死心塌地效忠馬來西亞外，並無其他選擇。馬來西亞政府只相信得過馬來人，因為他們「跑不了」。

華人呢？不見得個個「跑得了」，但人家一樣有戒心。相信你跑得了。周恩來當年早認識到這情意結給東南亞華人招來的煩惱，因此「勸諭」他們對當地政府效忠。看來地主國家還是不相信這一套。

依馬哈迪看，華人在馬來西亞同化得最徹底的，是馬六甲居民。除了宗教還未認同外，其他方面已難與馬來人分彼此。

華人是否如馬哈迪所想像那麼「冥頑不靈」，拒絕同化？既然他直言無忌，我們也應該打開天窗說亮話。華人願不願意與居留國家（今天不應再說僑居地了）的衣冠文物認同，得考慮到主客觀條件。

主觀是膚色和教育背景。在歐美這些國家，即使你肯跟馬哈迪所說的 definitive race（主流種族）打成一片，人家也不見得願意認同你。這種有形的歸化阻礙，不存在於馬華社會，下文再有補充。

除膚色外，歐美華人未能徹底歸化「異族」，尚有心理因素。飽讀聖賢書的知識分子，他們雖感嘆國事蜩螗，但他們有歷史感，知道中國本來、或不應該像今天這麼不成樣子的。他們在理性上可能會像魯迅一樣對舊文化充滿敵意，但私底下偶誦唐詩宋詞，說不定一樣感到蕩氣廻腸。

華人知識分子飄零異國，是近四、五十年的事。大陸變色前，在美國棲遲的，多是俗稱所謂「豬仔華人」。他們受的教育可能不高，但他們所處的，是「口語文學」的時代。昭君的傳說、武穆的事跡，他們不必翻書，自有父老相傳。白人在他們的眼中，儘管船堅砲利，還是「老番」。女子坦胸露背、「煙視媚行」的作爲，更是那一輩人所不齒。他們拋洋過海到金山，只有淘金。目標一達，買棹還鄉。

他們的子女輩，情況可不一樣。以華文教育而言，他們「不知有漢，遑論魏晉」。口語文學？卽使有父老相傳，效果也不一樣。漢元帝是沙豬。岳飛是大笨蛋。胸中既無半點「漢墨」，不知什麼叫「數典忘祖」。舊文化成眞空狀態，不跟土生土長的文化認同，還有什麼文化可言？而且，以事實言之，中國近百年來是一種恥辱。

年青一代美華，若是歸化未見徹底，膚色異於主流種族而已。

同樣是華人，出生於馬來西亞的土壤上，感受就不同。馬哈迪有所不知，中國人崇洋媚外是有選擇性的，勢利得很。洋在國人心目中，多指大西洋。日本是東洋。馬來西亞雖是

「外」，但在老一代華人看來，值得崇媚者不多。船堅砲利談不上。語言文化比不上唐山。膚色呢，中國舊詩詞的美女，都見「肌膚勝雪」的，崇拜的對象，可見一斑。

當地華人以主觀條件衡量客觀形勢，難免把自己看成「上國衣冠」的代表。他們雅不欲放棄自己的「固有文化」，投到馬來人的懷抱，想是這個理由。

馬哈迪以氣候、土壤和物質環境來解說馬來人隨和、易於滿足的天性，言之成理。但在生於憂患的華人看來，懶就是懶，什麼解釋也是枉然。他們既然認定馬來人事事不如己，怎會交心認同？

馬哈迪書名《馬來西亞的兩難》。難在那裏？此書出版人在「出版緣起」有此一說：

「馬哈迪醫生對前途是悲觀的。」

爲什麼？前面說過，馬來亞自英國人手中收回主權後，爲了保障原鄉人利益，在法律上處處讓他們取得優先，因成特權階級。馬來人讀書雖然落後，經商又少心機，可是做官倒有經驗。這是殖民地的遺產。英國人統治時期，華人心懷魏闕，只想賺錢，毫無官癮。英國人只好儘量利用馬來人的材料製造小英國人，讓他們主持地方衙門。

這個傳統影響了馬來人在獨立後的就業取向：仕途。稍通文墨的子弟，都希望當官。以前在英國人手下爲官芝麻綠豆，今天「普天之下莫非皇土」，氣象自是不同。

「政治確是步入青雲的捷徑，」馬哈迪說：「身居要津，權重一時的日子，不必只憑空想。由於法律和政策的特別保護，使一些馬來人藉權勢取得大量財富。卽使不能成鉅富，也不必太勞心勞力也可以過好日子。……

「問題是：祖先遺傳的基因與環境的轉變會對馬來人產生什麼影響？我們相信新的環境對馬來人不利。他們會變得嬌生慣養，碰到困難時自己不會應付。爲此原因，政治權力可能最後成爲馬來人最大的致命傷。」

單看這兩段引文，可知當年馬哈迪爲什麼給自己的黨掃地出門了。

他對前途悲觀的原因，也在這裏。

那麼，修改法律，取銷馬來人各種特惠，會有什麼效果？

他的話毫不含糊：馬來人馬上受到森林法律的考驗，也就是說，適者生存。馬哈迪自認他的民族不是適者。

把原鄉人放在溫室裏照顧的法律，後遺症不難想像。國家要加強巫化，當然先在語文敎育着手，把馬來文放在第一位。英語是工具語文，出於實際考慮，不得不網開一面。華文呢，自然大受冷落了。

照常情而論，在馬來西亞的華人，生於斯、食於斯，不會排擠若干程度的巫化，但在比重之下，若爲了加強馬來文而犧牲華文，實在得不償失。這不一定是他們對唐山念念不忘，實在是中文比馬來文有「市場價值」。

《兩難》是英文著作，解禁後才出馬來文譯本。爲了現實需要，連大馬主義者的馬哈迪也不能不在語文上作了妥協。華人父母爲了子女前途着想，有能力負擔的，只好讓他們放洋。

但在語言上「扶巫滅華」只是大馬社會問題冰山的一角。特權階級無論在任何社會，都是升斗小民眼中的瘟神。才不如人、技不如人，可是就因「血統純正」，法律就規定要你請他到你公司來分一杯羹。

心無鴻鵠之志、又不愛詩書，可是大學偏有專爲血統純正子弟而設的獎學金，而自己在中學名列前茅的兒女，卻因學額所限，擠不進窄門。

這些不正常的社會現象存在一天，馬哈迪希望少數民族放棄祖先的語言和文化，與馬來人水乳交濃的成爲一體的理想，礙難實現。他自己也了解到現存制度的偏差，但苦無對策。在印度和中國這些國家，高級知識分子和科技人才移民他往，我們叫「人才外流」。在馬來西亞辦移民的，因多是華人，馬哈迪政府大概不會覺得有什麼損失，因爲人才不是自己人，就不是人才。少一個華人精英分子，說不定會減少對馬來人心理的壓力。

問題是，據兩個多月前吉隆坡英文報紙所載的消息，大馬正準備在十年內進入新紀元，繼臺灣、南韓、香港和新加坡後扮演一經濟小龍的角色。沒有當地華人在財經上的經驗和科技上的專門知識，馬來人單靠愛國熱情，挑得起大樑麼？「又紅又專」曾是社會主義中國用人標準，結果證明兩榜皆捷的人才可遇不可求，而紅而不專的人往往成事不足，敗事有餘。殷鑑不遠，馬哈迪首相不妨記取。大馬當前的困境，不易克服，但既然要做「小龍」，這死結一定得打開。怎麼打開，外人禮不合借箸代謀。首相要辛苦了。

馬哈迪是馬來人，站在自己的國家和民族立場講話，是他的本份。外族人覺得巫統損害到自己的利益，也是自然的事。難得的是，這本在種族暴動後寫成的書，語調平和，絕無「順我者生、逆我者亡」那種咄咄迫人的口吻。更難能可貴的是他「勇者不懼」的態度，正視自己民族的弱點，不隱疾忌醫。書出版時，他在序文坦言道：「我出版此書，用意不在討好那一個階層的馬來西亞公民。剛好相反，有些人看了，說不定會覺得洩氣，而另一些人會怒不可遏。我不打算向他們道歉，因為這些文字都是出於至誠的。」

這些文字給他惹的禍，僅是開除黨籍而已。更值得他告慰的是，十二年後他的黨不但給他「平反」，更讓他官拜首相。

他用優生學觀點看中國人，認為咱們是「優秀民族」。別的且不說，單在寬容與忍讓方面，馬來人沒有把一個敢說眞話的黨員「鬪臭鬪垮」，就比咱們優秀多了。

腳註、尾註、剖腹註、追註

黃俊傑教授最近評介黃仁宇名著《萬曆十五年》一書時，說過這些洩氣話：「一般的史學論著，除非同行的專家，讀來多半詰屈聱牙，古註今疏，三步一崗，五步一哨，即使勉強終篇，也往往難以領受。」

「三步一崗、五步一哨」是甚麼東西？箋、證、疏、釋諸如此類的玩意是也。這種學問，非泛泛輩做得來，但腳註這種入門功夫，任何有志叩研究院之門的學子，都得耐心學習，否則休想畢業。

甚麼時候應該落註？看刊物性質和讀者對象了。這篇文章若是爲甚麼甚麼學報寫的，那麼黃俊傑此文用的是甚麼題目、原載那裏、出版地點、日期、卷數和頁碼，都得一一從實招來，怠慢不得，雖然有沒有人在意是另一回事。

我一九六一年當上研究生，即抱 *The MLA Style Manual* 和哈佛大學東亞研究中心

的 *Style Sheet* 這類「聖經讀物」死啃。於今整整三十年於茲矣，照理說該修成正果了，但實情並非如此。寫文章，若觸到自己癢處，亦樂事也，一氣呵成。怕的就是善後工作，找出各種指南來一板一眼的按各種詔示如儀落「尾註」。今天尾註漸有與腳註平起平坐之勢，亦時代進步之兆。

既在學院濫竽，三步一崗、五步一哨的註腳文章，總得要寫的。回想自己二十多年來在這類文字所作的孽，既苦了自己，也害了別人，除了職業需要外，再無別的解釋。

這口烏氣，如何消解？把心一橫，決定以毒攻毒。走著瞧吧。且看下面的「文本」和腳註：

阿【註一】二【註二】靚【註三】湯【註四】

【註一】：阿者，以本句言之，是「衍聲詞頭」也。通常加在人名或稱謂之上，如阿姑、阿嫂、阿伯之類。但阿亦通婀，柔美貌。

【註二】：二，數目字也。此字在此句獨立看，一無是處。與阿連在一起，令人銷魂。蓋阿二者，粵人對偏房、側室、小星、妾侍者最愛之暱稱也。

【註三】：靚，艷麗貌，如「靚妝」、「靚衣」等。此字粵人口語仍沿用之，常與「好」通，因此「靚女」有二義：既稱其德，又言其美，即阿二之流也。

【註四】：粵人所謂湯者，類似西夷之broth也，泡製需時，如道家之煉丹，旨在取物之精華以養身。風味與蜀人之酸辣湯大異其趣。

【疏】：「阿二靚湯」四字看來平淡無奇，其實包藏了不少封建思想之禍心，既得阿二，還要靚湯，魚與熊掌之沙豬心態可見。在人民思想已經正確、社會風氣異常健康之時，恐怕這些沙豬難以滿願。（按：滿願一詞，出周作人，即洋人所謂wish fulfilment也。）

「文本」不過四字，居然可因註膨脹了近百倍，可見這門功夫對增廣見識貢獻之大。話分兩頭。給腳註耳朵掛鉤，是不是我個人之偏見？看來不是，容我訴諸權威。《美國學人》一九八三、一九八四年冬季號有普林斯頓大學教授鮑某（G. W. Bowersock），寫了一篇與本篇異曲同工的文章，題爲〈腳註的藝術〉（The Art of the Footnote）。他說話倒客氣，認爲我們不必因爲多看了等因奉此的公式腳註而對此門藝術妄自菲薄，因爲，腳註落在大師如《羅馬衰亡史》作者吉本手裏，這種節外生枝的文字，很有看頭呢。

可是，在社會科學文獻列證方式的影響下，腳尾註日見式微。今之通人，愛剖腹而註之。怎生見得？你看一篇「文獻」，作者引述或引伸了某某一段話後，突然出現了一個括號：（張三，一九七四：三七五）。

因爲這個註，不落在頁「腳」，也不收在文「尾」，而是在內文挖空加括號，故名「剖腹註」。

你本來捧之誦之的文章，忽被人打岔，感覺怎樣？鮑某自己沒話說，可是他借用了Noel Coward一個譬喻：「猶如在樓上做愛時，門鈴響了，不得不下樓應門。」

腳註會引起 coitus interruptus，想非作俑者始料所及。

那麼，鮑某覺得哪些腳註在學術著作中才應有「立足之地」呢？簡而言之，腳註尾註除了表示言之有據外，如果可能的話，還讓讀者得到一點與文義有關的「物外之趣」。鮑某認爲替福斯特(E. M. Forster) 作傳的傅班克(P. N. Furbank) 是此道高手。

私意認爲，看方塊文字時突然湧現一連串蟹行書體，效果與剖腹註一樣野蠻。多看了會造成失憶症。這樣吧，傅班克《福斯特傳》裏面提到的閒雜人等，暫以阿公阿婆代之。

鮑某覺得傅班克腳註異於尋常者，正是他能把福斯特交遊中不見經傳的人物識認出來。譬如說傳內提到的某某阿公，傅班克就落註說：「阿公者，生年一八七四，歿於一九二四，曾任劍橋大學助理圖書館館長多年。據聞有次赴晚宴，曾向女主人喊道：『府上用的食鹽，美味絕倫，可口極了！』」。

又如：傳內提到福斯特拒絕接受英庭贈他的區區一個爵士封號。翻閱相關腳註，我們才知道，原來牛津大學曾經決定授他名譽學位，要他某月某日親自前往接受。

福斯特甚麼反應？老子不幹！理由是，傅班克在腳註解釋道：「他覺得來函措詞態度傲慢，因此覆信說他於某月某日剛巧有事，無法撥冗前往接受此殊榮。」

鮑某對此腳註，連連稱善，並稱此註令他想起另一相似軼事。某已故舞蹈名家阿公，一天突接哈佛大學來信，通知他於某月某日到蔴省劍橋接受名譽學位。阿公執信問左右道：「哈佛何許人也？老子那天剛要排演，沒空。」

話得說回來，傅班克在《福斯特傳》所做的這類腳註，不是別人效法得來的。原因簡單，他跟福斯特有私交。以此義言之，給白居易詩作箋、證、疏、釋的理想人選，應是元稹。

誰都可以批《紅樓夢》，但要知此說部的草蛇灰線，還得請教脂硯齋。

脂硯齋是何方神聖？

【註一】：脂，油膏也，如凝脂。

【註二】：硯，磨墨用具。

【註三】：佛教以過午不食為齋……不對，不對，這裏應指書房、學舍之類。

重校此文，覺得除腳註、尾註、剖腹註外，還得有「追註」。甚麼是追註呢？上文不是說過某阿公在讀文章時，偶遇一註，滋味「猶如在樓上做愛時，門鈴響了，不得不下樓應門麼?」這裏要追註的，就是「做愛」一詞。這個詞兒，不產吾國，實出泰西。之所以頻頻出現於吾人文字中，泛濫成災，實因吾國之所謂翻譯家者，或因崇拜心理，或不知 make love 實爲何物，拿起字典對號入座一番，始有此不倫不類之譯法。

蓋以科學眼光言之，愛爲抽象觀念，怎可「做」得出來?再者，幹這種勾當的人不一定有愛，如賈璉；而心中有愛者，卻不一定能「做」，如寶玉。說來說去，英語實不合邏輯而虛僞不過，不若吾國文字之恰到好處，實事求是。

那麼，不做愛又做甚麼呢?曰：交歡就是。名稱雖異，質實相同。因交而歡，概括了動物本能與靈慾昇華兩個層次。

是爲追註。註之爲用，可見一斑。

抱著字典讀小說

（一）

夏志清有文題爲〈正襟危坐看小說〉，以示其對文學作品態度之虔誠，一若讀聖賢書。的確，結構嚴密、文字陰柔，而意象來復纏綿的現代小說，若不正襟危坐察其紋理，自難識柳暗花明之趣。「……錢夫人一踏上露臺，一陣桂花的濃香便侵襲過來了。」

這是白先勇《遊園驚夢》開場後一千字內出現的句子。如果竇夫人不諱名桂枝香，如果「桂」不是「貴」的諧音，這二十一個字倒也尋常。但我們一弄清了藍田玉和桂枝香二人的今昔關係，就會賞識作者鏤金琢玉的細膩工夫。桂花濃香可以向你我「撲面」而來，但對晚景淒涼的藍田玉而言，桂枝香當時得令，氣勢竟似陣陣迫人的花香，向她「侵襲」過來。

這也是顏元叔發覺王文興的《家變》，要「苦讀細品」的理由。

想不到我看李永平的《海東青》，單是正襟危坐、苦讀細品還不夠，還得抱着字典。說「抱」一點不誇張，因爲一般案頭字典不一定有收這個字：羴。（「兩個黑人狎客，搔着胯子哼着海東小夜曲汗羴羴捲出滿窟香水狐臭，……。」）據《中文大辭典》的解釋，「羴」，羊臭也，或作羶、[羊氈]、膻等。

李永平在《海東青》以前的文字，中文和英文我都有文章談過。余光中爲《吉陵春秋》作序說，此小說集的「語言最具特色，作者顯然有意洗盡西化之病，創造一種清純的文體，而成爲風格獨具的文體家。大體上他是成功了。……他的語言成分裏罕見方言、冷僻的文言、新文藝腔，卻採用了不少舊小說的詞彙，……。」

Ian Watt 在〈細讀《奉使記》首段〉一文（The First Paragraph of *The Ambassadors*: An Explication），談到了小說作者在第一段文字用詞遣句的特色，往往是透露他對人生的態度和藝術看法的種種草蛇灰線。且看〈萬福巷裏〉的第一句：

> 見過的人都說她長得好，可是，那個時候，沒有人知道，那樣清純的美會變成一種詛咒。

這是一個文字樸實無華，可是功力極其飽滿的句子。「她」就是小說中的長笙。〈萬福巷裏〉是個類似舊約聖經故事那樣的荒淫世界。挽着籃子，一身素底碎花衫褲的長笙，在故事內始終沒有說過一句話。可是她給惡人強姦了。以結構言之，〈萬福巷裏〉三萬餘字的描述，都是給「那樣清純的美會變成一種詛咒」所作的詮釋與引伸。

投環而死的長笙，想是屍體長滿了淒慘的、無言的小咀。生平雖未發一言，卻哀慟山河，整個吉陵鎮上的人，無不或多或少受到她慘死的影響。一個無言的角色，教人過目不忘，實屬罕見。

讀《吉陵春秋》，正襟危坐，苦讀細品，差不多了，用不着捧大辭典。舊小說詞彙的痕跡，正如余光中所說，確屢見不鮮。李永平對語言的要求，一絲不懈。他覺得「看」、「望」、「瞧」這些動詞，說法太籠統，日常用來傳達訊息可以，但要界別一種神情有異的目光，得用一些較「專門」的字眼。於是，「趄到萬福巷來睃望的閒人漸漸多了」。

萬福巷是紅燈區。怪不得閒人要斜着眼睛「睃」望了。與看、望、瞧同義或近義的字，在〈萬福巷裏〉相繼出現，諸如「瞅」、「覷」、「睨」、「睇」等，用意不外盡量用最貼切的文字來描寫各種眼珠溜轉的神態。

(二)

《吉陵春秋》集內最後一篇〈滿天花雨〉發表於一九八五年。長達五十餘萬字的《海東青》，一九八七年八月「動筆於北投泉之鄉」，一九九一年七月「完稿於南投市永鳴路」。

此五十餘萬字的說部，只是上卷。上卷卷終時我們看到：靳五心一酸撂下行囊，落了跪，把朱鴒摟進懷裏：

「丫頭，不要那麼快長大！」

朱鴒放聲大哭。

看來欲知後事如何，要等好一段日子。不過，單看上卷文字，已夠忙的了。下引第一章首節：

——海東起大霧。海峽漁火一片迷濛，午夜時分，飛機漂盪在雾雾霏霏漫城兜眨的水霓虹中盤旋了二十分鐘，終於降落機場，一囂，悽厲地，滑進那一水稻田悄沒聲溟茫的煙雨裏。停機坪上，白瀟瀟飄漩起一渦渦雨氣縹緲着一架架寄泊的客機，朦朦朣朣，霧中，閃爍着紅晶燈。滿場水銀燈飛燦開簇簇雨花，蹦亮蹦亮。……

在競爭激烈的社會中，「日理萬機」的主管級人物，都講究「速讀」：找重點、看底線，即英文所謂的 bottom line。此法最宜用於看報上的八股「新聞」。某某外國政要到訪，與我國首長進行的必是「友好親切的談話」。某某首長參觀國內各種建設後，必「盛讚我國進步神速」。

八股之所以爲八股，一來文字約定俗成。二來內容可以舉一反三，觸類旁通。也就是說，公式化的句子或門面話，可以跳過不看。

拿「速讀」的方法去看上引《海東青》那段文字，會有什麼結果？我看因人而異吧，但最少會保留這個基本的印象：海東有霧、午夜飛機降機場，機場有不少客機。

拿讀八股的方法去唸《海東青》，不遭天譴，也會折福。但即使我們用讀《吉陵春秋》那種精神去細品上列那段文字，也會覺得作者目下對我們的要求，比以前大得多。李永平好用動詞或副詞的複式以加強氣氛，《萬福巷裏》初露端倪，如：「香案上，氤氤氳氳地燒起了滿爐子長香來」，或「蹎蹎跌跌、踉踉蹌蹌，繞着神轎滿場子只管兜個不停」。但相對《海東青》而言，這只是個變調，不是常數。

可是這種複式動詞、副詞，或形容詞片語，卻是這大說部文體的一大特色。就在上面的一百二十多個字中，已出現「雰雰霏霏」、「白瀟瀟」、「一渦渦」、「艨艨艟艟」、「簇簇」、「蹦亮蹦亮」——這些意象經營的襯托片語。

我們還沒有把飛機落地時「一囂、悽厲地」這五個字算在裏面。

Ian Watt 以語法來分析詹姆斯《奉使記》第一段文字的特色，發覺作者愛用被動語態、不及物動詞，和以抽象名詞作主語的傾向。這種語法上的習慣藏着什麼玄機？據 Watt

的推斷，這與詹姆斯晚年心態與抽象的思維有關。他描繪事物，用心不在體現全豹，而是勾劃沉潛在他印象中的吉光片羽。

Watt 自己也承認，實用批評細讀的方法，以小觀大，優點是利於「發潛德之幽光」。短處也顯見：易犯以偏概全的毛病。

不過，話說回來，讀文學作品，沒有什麼方法說得上是百利無一害的。顧此失彼是難免的事。作家成文，若非爲一詞之立踟躕過，作品不必細讀。李永平在文字的煉獄打滾多年，不論成敗如何，他一字一句，也值得推敲。

（三）

現在，我們回頭看看《海東青》首段。

李永平在本書對文字的要求，已超越了《吉陵春秋》敍事的層次。如果爲了敍事，那麼「飛機漂盪在雰雰霏霏漫城兜眨的水霓虹中盤旋了二十分鐘」，大可刪作：

飛機在水霓虹中盤旋了二十分鐘。

由此可見，李永平對飛機降落的事實本身，與趣不大。他細心經營的，是怎樣降落、用那一種姿態、在那些情況下降落。我們或可稱作飛機降落時的「餘韻」吧。因此：「一囂，悽厲地」。

前面說過，作者頗愛用複式形容詞或副詞來狀形喻意。如「蹦亮蹦亮」。蹦是向上跳的動作，用來描寫滿場水銀燈燦開簇簇雨花，既取其音——「蹦」——又採其義：雨花落在水銀燈時，閃亮閃亮的跳躍着。

以此義言之，李永平捉摸的意象，相當準確。

爲了引證作者文字經營的苦心，我們得在第一章找旁的例子。上述那架盤旋了二十分鐘才降落鯤京國際機場的客人中，有剛遊罷美國歸來的老人旅遊團。他們「大包小包攬在懷裏，快樂得一窩小花鷄似的」。這些老先生、老太太笑起來是什麼個模樣？爲了不拾前人牙慧，不落俗套，李永平大概翻了不少古籍，終於屬意「齯」的聯想。我們因是看到小阿婆「齯嘻嘻」的笑。

齯，老人齒落復生也。齯齒，謂高壽。

我是抱着字典讀《海東青》。我想李永平是翻着字典寫《海東青》。「齯」這個字，我以前要嗎是沒有見過，或看到了也跳着過去。「鼽」也未曾相識。「鼽——鼽——鼽——哈啾！」噴嚏的聲勢如此奪人，也是第一次聽到。

齯和鼽在一般稍具規模的辭典還可找到，但「𨑨」和「迌」得看《中文大辭典》：𨑨，近也；迌，狡猾也。這兩個字，是第二部第六章的目次：迌迌。

李永平爲什麽對夾雜複式副詞、形容詞的句法，和冷僻的字眼如此情有獨鍾？借用俄國 Formalist 批評術語，他着力營求的，是所謂 defamiliarization的效果。也就是說，他認爲把人生說是朝露或春夢這類文字，看多了，讀者的感性就變得遲鈍機械，難在認知方面得到新意。日光底下本無新事，要人家聽得下去，或看得下去，要別出紓機。《海東青》文字力求突出，或批評術語所謂 foregrounding，大概就是爲了實現這個理想。

簇簇雨花綻在水銀燈上，蹦亮蹦亮。小阿婆覷嘻嘻的笑。睡夢中有人呼天搶地的——𨈬——𨈬——𨈬——哈啾。紅燈區內八個西裝革履的日本中年男子，一字排開，「腮腮酡紅，朝着滿弄堂人家，解開褲襠噓噓噓撮出一根根朘子來」。

事情本身沒有什麼可圈可點，可是因爲語言新鮮，經驗聽來也覺新鮮。我們因此可以總結《海東青》第一章的文字特色：化熟悉爲陌生，敎我們對這個自以爲習知的世界，再多看一眼。

（四）

李永平奮發作《海東青》的用意，我能猜度的，亦已盡言。在大陸簡體字演變成簫肖不分，麵面相同的今天，作者以四十出頭的年紀，發起了另一層次的「古文運動」，雖不能奢望「起衰」，最少亦盡了他個人心意。

或問：作者盡了九牛二虎之力去描寫區區一架飛機下降，究竟值不值得？這得看對誰而言。對作者而言，當然值得。李永平對文字之痴迷，可入馮夢龍編的《情史》。他要爬自己心目中的絕頂，到達頂峯時那種苦盡甘來的快樂，不足爲外人道。正如他對《世界日報》記者林英喆所言：「撰寫《海東青》是他長久以來的夢想，如果他這一生只能選擇寫一部小說，就是《海東青》。」

那麼，站在讀者的立場看呢？李永平獨特的文字架構，算不算一種成就？這裏先作一點小補充，作者的「複式片語」和冷僻字眼，絕少在對白出現。小說人物的言談，都顯淺易懂。像上面出現過那位「齗嘻嘻」笑的小阿婆，扯着她家阿公問話時就體貼得很：「有歡喜否？有否？」

臺灣讀者一看就知這是閩南話語法，雖然更正宗一點說，應是「有歡喜無」。（承同事鄭再發教授點撥，特此致謝。）

讀者種類繁多，對文學作品的要求也因人而異。李永平以拔山河的氣力描寫飛機降落時的「餘韻」，應有知音。但一定也有「持異議」的者，詩詞愛誦「枯籐老樹昏鴉」，小說偏好點到爲止的唐人傳奇。

對這類讀者說來，李永平太不講究「含蓄的美」了。我們當然可以解釋說，詩與小說是兩類文體。

據林英喆的報導，李永平「由於對臺灣深厚的感情，看到臺灣近幾年來，人心更壞、道德崩潰、禮教消失等現象，心裏很難過，才會有強烈的慾望撰寫《海東青》。」

以文字組織言，《海東青》相當現代。西方現代主義作品對中產階級的價値觀念和道德規範，基本上是充滿敵意的。如果本書的命意一如《聯合文學》編輯部按語所云，是作者言志載道的「道德箴言」，那麼《海東青》實是現代文學一大異數：文字前衞，內容保守。

事實是否如此，眞的要等下回分解。上面集中討論的，只是《海東青》第一章的文字特色，未涉及道德範圍。跟王文興的《家變》和《背海的人》性質一樣，這是需要讀者挖空心思去「啃」的書。

本文四千餘字，抓的只是一鱗半爪，因屬皮相之談，論點也準備隨時修正。

淒慘無言的小嘴

儘管中共領導人一再勸諭國人「向前看」，十年浩劫的陰影，看似揮之不去。一九九二年三月號的《紐約書評》有墨斯基（Jonathan Mirsky）長文，介紹兩本以文革爲背景的著作。一是張戎的回憶錄《野鴻：中國三女性》（*Wild Swans: Three Daughters of China*）。一是馮驥才編的《來自旋風的聲音：文革口述歷史》（*Voices from the Whirlwind: An Oral History of the Chinese Cultural Revolution*）。

史達林曾有堪與毛澤東前後呼應的名言，聽來冷酷無情，想來現實不過：「一個人死了是悲劇。一百萬人死了，是個統計數字。」

據 R. J. Rummel 教授剛出版的《一百年血淋淋的中國》（*China's Bloody Century: Genocide and Mass Murder Since 1900*）所載，在文革時期喪生的中國人，約有七百七十三萬一千名。數目雖龐大，但只是個啞口無言的數字。

七百多萬生靈進了鬼域，自難爲自己的悲劇作證。替他們說話的，得是刼後餘生的人。

文革故事，十年來出版了不少。惻隱之心，人皆有之，但類似的紀錄看多了，感覺可能變成像祥林嫂的聽衆一樣痲木不仁。

墨斯基是職業讀書人，他看過這一類的文字，應比一般讀者多。想不到他讀了《來自旋風》的一節後，竟有「不忍卒睹」的悲涼。

口述歷史的一位是年輕的女醫生。時維一九六六年八月。她和父母關在漆黑房子，頭已剃光，靜靜的等著紅衞兵回來向他們繼續用刑。

「我們居然一下子變成了人民公敵，」女醫師回憶說：「我們只好戰戰兢兢的等著，不知將要背負什麼滔天罪名。」

一家三口決定自殺。女兒既是醫生，於是想出了割頸動脈的主意。在墨斯基認爲「不忍卒睹」的一段落，三人手牽著手，等著嚥最後的一口氣。「我媽說，有做醫生的女兒幫爸爸媽媽解決，眞好！」

父親死了，但紅衞兵及時趕到。女醫師和媽媽以殘餘的氣力跳窗自盡。母親得償所願，但女兒「大難不死」，終身殘廢。自殺是自絕於國人。謀殺是反革命，罪名加倍，因此坐了十二年半的牢。

馮驥才有按語道：「在人性滅絕的時代，人性最高的表現方式，莫如自我殞滅。」

墨斯基認爲，這類事件的本身已夠可怕，但更可怕的是對受害人自己災難的緣由，觀念不清。二十年後，女醫生自我檢討說：「除了瘋子，誰忍下手殺死自己的父親？……還有我媽媽呢？我該怎樣去做補贖？如果我當初沒那麼做，說不定今天他們還活著。如果這不是我的過錯，那是誰的過錯？……這一定是我個人的過失……請你別再問，我說不下去了。」

這種受難人罪己的心態，墨斯基覺得可怕極了。他說十年來的「傷痕文學」有一特色：苦主的控訴，對象千篇一律是紅衞兵、作威作福的黨支書、賣友求榮的同事。當然還有林彪和四人幫。但把整個動亂根由，算賬算到共產黨和毛澤東頭上去的，絕無僅有。

共產黨恐怖的統治手段，癱瘓了人的思考能力。不單自殺不遂的女醫生「勇於責己」，就是與黨共患難多年的劉賓雁，也自認迷惑了大半輩子。共產黨的虛僞與殘忍，他雖早見端倪，但毛澤東既是神明，不可能犯錯。那麼對現象產生「錯覺」的，只有自己。他因此也認了命。

四人幫倒臺後，毛澤東的神話雖略打折扣，但魅力不消。且據最近報載，還有越來越俏之勢。難怪麻省理工學院白魯恂（Lucian W. Pye）教授感慨系之的說：「中國人民犧牲大而收穫少，失望之餘，把憤懣之情洩在各型各類的權勢代表上，這可了解。令人不解的是，他們不但還以爲毛澤東代表了什麼古樸德行，而且還把這些『德行』理想化。」

墨斯基一文，以介紹《野鴻》爲主。作者通過她外祖母（民初北京警察頭子小妾）、母親（十來歲就是中共地下活動份子）和她自己三代人的經驗，勾劃出百年來家國的刼難。張戎是高幹子弟，父親張守儒（譯音）顯然是個軟心腸的共產黨員。坐牛棚時，他想到自己一生勇於爲黨犧牲，怯於照顧妻子，發了一封電報給作者的媽媽，說：「雖然晚了半生，但仍請你原諒。自知對你不起，故樂於接受任何懲罰。我沒有盡丈夫的責任。請早日康復，再給我一個機會。」

張戎當過紅衞兵。面對文革給她家庭和社會造成的種種不幸，她對毛澤東的信心始終沒動搖過。一九七四年秋天，她在四川大學唸書，看到英文《新聞周刊》一篇報導，說江青不但是毛澤東的耳目，而且還是他的代言人。

毛澤東在她心中的形象，從那時起開始墮落。因得結論說：「他把全國人民變爲極權統治最犀利的武器。在他統治下，中國不必設立類似蘇聯的秘密警察制度，就是這個理由。因爲沒此需要。毛澤東把人性最壞的地方引發出來，加意栽培，國家便成了道德沙漠、仇恨之邦。文革時最恐怖的行爲，是全國人民集體的表現。」

張戎一九七八年到英國唸書，得語言學博士，今在倫敦大學任教。據墨斯基的評價，

《野鴻》是描寫毛澤東得勢前後中國人民所受的迫害、苦難與所經歷過的恐懼，最眞切感人的一部著作。

《野鴻》和《來自旋風》希望不久有中文本面世，爲千千萬萬凄慘的、無言的小嘴發言（註：作者的母親名德鴻，此乃書名之由來）。

後記

本書所收〈儒路歷程〉一篇，內有譯自 Paul Jay 論自傳文學特色的幾句話：「訴衷情、入冥思、懷過去這些特質；文體看似無拘無束；抒懷不避身邊瑣事；筆尖常帶情感，何妨想入非非。」

在校閱這段文字時，突然心念一動：《未能忘情》各篇，有雜文、隨想、書介、短評等類型，可是除了〈不羨神仙羨少年〉一文，因內容關係，不能不談到自己外，其餘文章，絕少與自傳文學拉上關係。可是，文字雖不涉及作者身世，其「訴衷情」的心態屢見痕跡。如果一定要舉實例，不妨說〈未能忘情〉、〈絢爛的浪費〉和〈飄零花果〉等篇吧。

「文體看似無拘無束」和「筆尖常帶情感」二端，例子可說俯拾皆是吧。

「何妨想入非非」？這不必多說，像〈脚註、尾註、剖腹註、追註〉就是活生生的榜樣。

這真是巧合。一個沒有寫自傳衝動的讀書人，竟無意間寫出具有自傳文學特色的文字來。

一九九二年六月四日

三民叢刊書目

1. 邁向已開發國家　孫　震著
2. 經濟發展啟示錄　于宗先著
3. 中國文學講話　王更生著
4. 紅樓夢新解　潘重規著
5. 紅樓夢新辨　潘重規著
6. 自由與權威　周陽山著
7. 勇往直前　石永貴著
8. 細微的一炷香　劉紹銘著
9. 文與情　琦　君著
10. 在我們的時代　周志文著
11. 中央社的故事(上)　周培敬著
12. 中央社的故事(下)　周培敬著
13. 梭羅與中國　陳長房著
14. 時代邊緣之聲　龔鵬程著
15. 紅學六十年　潘重規著
16. 解咒與立法　勞思光著
17. 對不起，借過一下　水　晶著
18. 解體分裂的年代　楊　渡著
19. 德國在那裏？(政治、經濟)　郭恆鈺・許琳菲等著
20. 德國在那裏？(文化、統一)　郭恆鈺・許琳菲等著
21. 浮生九四　蘇雪林著
22. 海天集　莊信正著
23. 日本式心靈　李永熾著
24. 臺灣文學風貌　李瑞騰著
25. 干儛集　黃翰荻著
26. 作家與作品　謝冰瑩著
27. 冰瑩書信　謝冰瑩著
28. 冰瑩遊記　謝冰瑩著
29. 冰瑩憶往　謝冰瑩著
30. 冰瑩懷舊　謝冰瑩著
31. 與世界文壇對話　鄭樹森著
32. 捉狂下的興嘆　南方朔著

三民叢刊33

猶記風吹水上鱗

余英時 著

本書以紀念錢賓四先生的文字爲主，賓四先生爲一代通儒，畢生著作無不以重發中華文化之幽光爲志。透過作者的描述，我們不僅能對賓四先生之志節與學術有深入的認識，並對民國以來學術史之發展有一概念。

三民叢刊34

形象與言語

李明明 著

藝術是以形象代替作者的言語，而在形象與言語之外，仍還有其他種種相關的問題。本書作者從藝術與時代、形式與風格、藝術與前衞、藝術與文化五個方面剖析西方現代藝術，使讀者能對藝術品本身及其相關論題有一完整的認識。

三民叢刊35

紅學論集

潘重規 著

本書爲「紅學論集」的第四本。作者向來主張《紅樓夢》一書爲發揚民族大義之書，數十年來與各方學者論辯，更堅定其主張。本書爲作者歷年來關於紅學討論文字的總結之作，也是精華之所在。

三民叢刊36

憂鬱與狂熱

孫瑋芒 著

輕狂的年少，懷憂的中年，從鄉下的眷村到大都會的臺北，從愛情到知識，作者以詩意的筆調、鋪陳豐饒的意象，表現生命進程中的憂鬱與狂熱。以純藝術表現出發，而兼及反應社會脈動，不但樹立了獨特的個人風格，也爲散文藝術開拓了新境界。

三民叢刊37
黃昏過客
沙究 著
「爲樸素心靈尋找一些普通相的句子」沙究在獲得時報短篇小說推薦獎時曾對他的寫作有如是的感言，他的作品就是最好的實踐。本書將帶領您從浮生眾相中探索人類心靈的面貌。

三民叢刊38
帶詩蹺課去
徐望雲 著
我們都或多或少的讀過現代詩，但對現代詩的了解卻很少，於是許多譁眾取寵的文字便假借現代詩的名義出現，讓「詩人」成爲一種笑話。本書以輕鬆的筆調、嚴肅的心情，引導讀者更接近、更了解現代詩。

三民叢刊39
走出銅像國
龔鵬程 著
「有筆有書有肝膽，亦狂亦俠亦溫文」，身處時代之中的讀書人，傾聽時代之聲，卽使漠然獨立，又豈眞無關切奮激之情？看龔鵬程如何以慷慨纏綿之筆，爲當今的社會文化現象把脈，提出處斷的良方。

三民叢刊40
伴我半世紀的那把琴
鄧昌國 著
本書爲作者歷年來對工作及生活的感懷之作。作者以深厚的音樂素養和經歷，娓娓細訴生命中的點點滴滴。一把琴，陪伴走過半世紀的歲月滄桑，樂音寄託壯志，也撫平了激越胸懷。

國立中央圖書館出版品預行編目資料

未能忘情／劉紹銘著.--初版.--臺北市
：三民，民81
面；　公分.--(三民叢刊；46)
ISBN 957-14-1915-X (平裝)

855　　81003691

著　者　劉紹銘
發行人　劉振强
著作財產權人　三民書局股份有限公司
印刷所　三民書局股份有限公司
地址／臺北市重慶南路一段六十一
郵撥／〇〇〇九九九八—
初　版　中華民國八十一年八月
編　號　S 85228
基本定價　叁元叁角叁分
行政院新聞局登記證局版臺業字第〇

ISBN 957-14-1915-X (平裝)